てのひらシリーズ④

美しいひと

掌篇集

柳谷　郁子

ほおずき書籍

装丁画／納　健

父と子

人ひとりがようやく通ることのできる板張りの狭い階段を七段ほど上がり、重く垂れ下がる緞子の黒いカーテンを分けて入ると、もうそこは別世界だった。

いや、世界というにはあまりに狭苦しい、ここに入って来る者のうしろめたい期待をあからさまに思い知らせてくれる、闇とネオンの穴蔵だ。

「はい、上がった上がった。開演まであと十五分だよ。ガサが入ったら、お楽しみのお目当てはないね、清く貧しく美しくだよ。不運とあきらめてもらうしかない。それでもいいなら、さあ入った入った！」

小屋の客引きが、大声で内緒話をするような、奇妙な勧誘をするのへ、

「なんだ、脅しがとびきりのコマーシャルってわけか」

「いい謳い文句だ」

「そこまで言われて背中は見せられないよな」

「それ、言い訳か」

「ん、まあな。もう、な、ちょっとはな――」

戸田が心なし目もとを赤らめるのを横目で見ながら、無理もない無理もない、あんたは新婚ほやほやだもんな、と洋二は声を出さずにからかった。

そんなこと言うなら、あんただってこの間子どもが生まれたばかりだろう、奥さん、知ったら何て言うかなと、やり返されるのが分かっていたからだ。

「そりゃそうとさ、大先輩たちはどうしてるんやろな」

ようやく後ろの隅に座席を確保すると、戸田が小声で言った。

「まさか此処へは来ないよな」

「来ん来ん。どうせ喫茶店あたりで俺たち若い者《もん》の文句でも言ってるさ」

「そうだな。それがセンセイたちのお楽しみだもんな」

「ま、よくて工芸館か資料館ってとこやろ」

「それにしても、あんたの親父さん、今度は重責やね。業界でナンバー・ツーの地位ってわけだ」

「年の功だよ、年の功」

父の良蔵の丸い顔を胸に浮かべながら、手にしていた戸田の分のモギリの半券を彼に渡した。

合成樹脂加工にたずさわる県内の業者が年に一度集まって開催される総会は、日進月歩で進化する製品の大量生産と耐久性が地球の健康な保全に対立するものとして年々深刻な問題となってきていて、紛糾する。物によっては毒性の数値が絡み、まるで核燃料のプルトニウム並の難問を抱えることになる。強力なリーダーシップが期待される一方で臨機応変の柔軟な手腕が求められていた。

差し当たり親父はその柔軟な姿勢の方を買われたのだろうと洋二は思っている。親子がそろって出席する業者は少ないが、日頃仲のいい戸田に誘われて、こちらは遊び半分の参加だった。

室内の四隅を薄桃色に煙らせていたネオンが消え、一瞬真っ暗闇になった。と思う間もなく、啜《すす》り泣くがごときヴァイオリンの音色が響きわたった。同時に、雪明かりのような照明が這い、小さな舞台と、舞台の中央から観客席を分けて岬のように張り出している花道が浮かび上がった。

腕をしなやかに交互に上げ下げしながら軽やかに踊り出てきた少女は、白いスリップとショーツを付けていた。髪を観音巻きに巻き上げた小さな顔が太り肉《じし》の肩や腰を愛らしく見せ、折角のいきなり両脚を一文字に開いて後ろへのけぞるアクロバットもどきの悶えの仕種は、痛々しい物真似にしか見えない。

いつ脱ぐかいつ脱ぐかと焦らしただけで少女は消えた。

本番はその後であった。赤と青が乱舞する照明が舞台を這いまわり、とぐろを巻きはじめたスポットの中から、見事に盛り上がった二つの乳房のトップとその下方の三角州に銀色のラメが恍々と光を放つ豊満な女体が、すでに喘ぎながら苦悶の表情をたぎらせてせり上がってきた。すべての鳴りものが止み照明が失せると、再び天井の四隅に薄桃色のネオンが灯った。

誰一人声を発する者はいない。

我こそはと舞台に駆け上がり淫蕩のパフォーマンスに手を貸した数人

の男たちの豪気もどこへやら、情欲の密戯を共有し異様な熱気にまみれた羊たちの惚けた顔、顔が、沈黙にまぎれて小屋の出口へ吐き出されてゆく。

口が乾き舌が引き攣れていた。

何もこれが初めてというわけじゃあるまいし。もう妻も子もいる所為《せい》かな。新婚ほやほやの戸田はどうだろう。

戸田の横顔を盗み見ようとした洋二の目はしかし、その向こうに見覚えのある茶色のベレー帽を捉えていた。

同時にそのベレー帽の下の二つの目が洋二を見つめた。

「やあ」

咄嗟に声が出た。

「おう」

と澄ました声が返ってきた。

良蔵はにやりと笑うと、二人に背を向けて去って行く。

「親父さん、やるやないか」

戸田が肩を寄せてきた。

美しいひと

あっちが悪いこっちが悪いとしょっちゅう体の愚痴ばかりこぼし、背を丸めて腰も曲がりかげんの登美子さんであるが、ご飯は三度三度しっかり茶碗に一杯は食べ、時にはお替わりをすることも多いという。なあんだ、それじゃあちっともどこも悪くないじゃないの。ううん、悪いの、と言い張る。

もうじき八十歳になる登美子さんは今だって十分に美しい。すらりと伸びた背丈の上にはいつも月が浮かぶように柔らかな笑顔があったと、若い頃の登美子さんのことを、妹の奈枝おばさんは憧れをこめて懐かしがる。

それに健康優良児でね、スポーツは何でもよく出来るし、歯なんか県のコンクールで優勝よ。ほんと、まわりの若い男の人はみんなお姉ちゃんをお嫁さんにしたいって思ってたんだから。

その登美子さんが結婚したのは敗戦直後の秋だった。物の無い時代。嫁入り支度の家具は二十数年前母親が持ってきた桐の一揃えが磨き上げられた。黒地の花嫁衣裳も母親のものだったから、大柄な登美子さんのために裄《ゆき》が縫いなおされた。

自宅から新郎の実家へ、文字通り、嫁入りの祝言である。文金高島田の花嫁が出来上がっていくのを、集まった家族や近所の人たちが固唾を呑んで見守っていた。

桜の花びらのように口紅が塗られた。

やっぱり登美ちゃんだわ。絵から抜け出たみたいね。にわかに緊張がほどけた溜め息とともに感嘆の声が上がった。

これでお姉ちゃん、そんなに濃くもないのに外出のたびに口紅をもっと薄くしろってお父さんから注意されていた苦痛から解放されるんだわ、と奈枝おばさんは思ったものだ。

姿見の中の登美子さんが眩しそうに自分を見つめて微笑んだ。

「登美ちゃん、きっとすぐ子が出来るわ。丈夫だし、何てったって登美ちゃんとこは多産系だもん」

親友の妙子さんが言った。

一瞬、花嫁は目を伏せ、頬が赤く染まった。

だってわたしたちが生まれたのは産めよ増やせよの時代よ。子どもが九人十人の家もあったわ。五人兄妹のウチなんか、ごく普通だったのよ。そう言う妙子さんとこだって、一人少ないけど四人姉妹だったんだから。悪気で言ったんじゃないかも知れないけど、花嫁さんにねえ、あんなこと――。

東京で新婚所帯を持った登美子さんを訪ねた奈枝おばさんは、鉛筆でマルとサンカクと細かい数字が几帳面に書き込まれているカレンダーを見つけた。

「あ、、これ？　基礎体温をつけているの。荻野式の避妊法よ。三年は続けるつもり」

やっぱり、あの、妙子さんの―、と言いかけて、奈枝おばさんは口をつぐんだ。

そして三年が経った。ところがそれからまた三年が経っても、登美子さんは妊娠しなかった。

心配した両親に連れられて、温泉めぐりをし、子宝に恵まれるという寺社めぐりをし、怪しげな祈祷も受けた。

過酷な不妊治療が始まった。

子宮に造影剤を入れて調べるが、小さな筋腫のほかはどこにも異常はないと言われる。それでも懇願して、取らなくてもいい筋腫を取り、しなくてもいい卵管を通す手術をした。

出血と痛みに耐えて唸りつづける登美子さんは幽鬼のようだった。奈枝おばさんは十九歳になっていたが、恐ろしさに震えながら姉の腰をさすりつづけた。

やがて夫のアパレル事業を手伝うようになった登美子さんは、経理も渉外もさわやかにこなし、子を持つことをすっかり諦めて、夫婦二人の生活を忙しいながらも品よく穏やかに築いてきた。

歳とってからも「自営業はいいわ。生涯現役よ」。仕事に自信を持ったたっぷりした貫禄に、奈枝おばさんの登美子さんへの憧れはまたも増したが、気がついてみると、登美子さんはいつの間にか絶えず体のどこかに不満を見つけて愚痴を言っている。

そろそろまた何か言ってくる頃だわと奈枝おばさんが思うともなく思っていると、聞きなれた郵便配達のオートバイの音が止まり遠ざかっていった。

郵便受けから白い四角の封書の角がのぞいていた。

まさか――。

封書を手にして、入っていた折りたたみの葉書を開いた奈枝おばさんは、目を疑った。

〈謹啓　この度、私どもは乃木敏男・妙子ご夫妻の長女、まり子一家と養子縁組を致しました――〉

たしか、妙子さんのところは、一人娘の婿養子さんとうまくいかなくて、娘さん一家が出てしまったって聞いてはいたけど。

一体、どうして。どうしてこうなるの……。

葉書きを持つ手がふるえた。
しだいに何とはない恐ろしさが全身に這いのぼってきた。
奈枝おばさんの目の裡で、歳老いても美しい登美子さんが婉然と微笑んでいる。

夕映え

新千歳空港からエアポート一三七号に乗り換えると、外はもう広大な平野がどこまでもつづく北の国だった。

「やっぱりねえ、北海道は異国よねえ」

「小さな島国だと言っても日本はけっこう大きいんだわ」

私たちはまた黙り込み、私たちを茫々と迎える枯野から枯野へ目を凝らす。

佳江が何を考えているのかは分かっている。野島の妻のことだ。

とにかくね、達平と北海道旅行した時、留萌まで足をのばして野島さんと食事したのよ。奥さんも一緒にって何度も言ったんだけど、いやあいつはいいんだいいんだって、会わせてくれないのよ。変でしょ。

奥さんとは電話で何回か話したことあるけど、菜美だってびっくりするわよ。にべもないのよ。ぶっきらぼうで、ルーズな野太い声で。しかも野島さんに取り次いでくれたこと、いっぺんもないんだから。達平の危篤を知らせた時だって、もう寝てますって、ガチャン、よ。耳が壊れそうだったわ。あんな人が野島さんの奥さんだなんて、どうしても不思議。

だから事前の連絡なしの突然の見舞い旅行である。野島の妻がいれば私たちを追い返すのではないかという佳江の杞憂は、私にも伝染している。

一体、野島の人生に何があったというのだろう。

「菜美は留萌へ行ったことあるんだよねえ」

「うん、ほんとにただ行って戻って来ただけだけど。飲まず食わずの旅。青函連絡船の船底でげえげえ胃液を吐いて。うちへ帰って熱を出して寝込んじゃった」

同じサークルの先輩であった津田達平と野島星也にいつもくっついていた、東京の学生生活一年目。その夏、留萌へ帰省した野島を追って、私は路銭だけ持ち、やみくもに北の果てまで旅をしたのだ。絶望をほのめかす彼の手紙を懐にしのばせていた。

「故郷で元気にしている彼を見て、安心して。それだけ。おかしいわね」

卒業後、佳江は津田達平と家庭を持ち、私も家庭を持った。すでに達平はいない。

あれから四十年近い年月を経て、今度の見舞い旅行は、そのつづきなのかも知れない。

タクシーは小ぢんまりと鄙びた町なかをすぐに抜けた。

低い山並みを展望する荒野を左右にしばらく走ると、市立病院というには貧相な建物の前で停まった。

その二階の六人部屋の窓際が、野島が六十年の生死を賭けて横たわっている場所であった。

ベッドに引きまわした黄色いカーテンの合わせ目から、椅子に坐って付き添っているらしい人の灰色の衣服がはみ出ている。背後に気配を感じたのか、その人は振り向き、私たちを認めると立ってきた。

奥様ですかという私たちの問いに「そうです」とだけ答えた彼女は、そのまま黙って私たちを待合室へ連れ出し卓に着かせると、給湯器の茶を盆にのせて運んできた。

「ここで待っててください」

お酒で喉を焼いたような抑揚のない声を置いて出ていった。

子どものいない野島の命は彼女の掌中にあるのだ。その小柄な後ろ姿を私たちはぼんやりと見送った。

抗癌剤でほとんど髪を失くしているのだろう灰色のターバンを巻いた頭につづく白い顔が夕闇と蛍光灯の溶け合う明かりに輪郭をおぼろにしている、ガウン姿の野島は、どこからかふわりと舞い降りた樹の精のように私たちの前に立った。

彼は音もなく腰をおろすと、卓の上の花束を見つめ、その目をおもむろに私たちに移した。

「来ると思ってた――」

昔と同じ、やさしすぎる目だ。

手術を勧められているが、もういいんだ、手術は受けない、と言う。

「わたしも二十年前肝臓の半分を切ったりね、何度か死に直面したわ。でもその時、どんなに今生きているこの世が美しく見えたことか。空も風も地上も人も、ありとあらゆるものが、それはもう鮮やかに清々しく美しいとしか言いようがなかった。こんな醜い汚い辛い、この世がね。どんな暴虐も人殺しさえ許せる気がしたの。

だから思ったの。どんなに潔くこの世を蹴飛ばしてみても、憎んでみても、人は、本当は生きていたいのよ、この世に。どうか生きて。あきらめないで。大丈夫よ、大丈夫」

「大丈夫、——か。フラらしいな」

野島はかつての私のニックネームを言い、薄く笑った。

「あのプランタン、まだあるのよ」

「えっ、ほんと？　ふーん、まだあるのか」

私と野島がよく通った、学生会館の横手にあった小さな喫茶店だ。

そして夕映えの中、私は家の玄関先で野島の手紙を手にしていた。
——必ず生きよ、というフラの言葉、嬉しかった。今はもし一パーセントでも望みがあるならば、それに賭けてみようと思っている。

野島の訃報が届いたのは、その半年後であった。

雲の記憶

走って、走って、走る。振り向きたいが振り向くことが出来ない。カンカンと照りつける日射しが摩天楼の屋上のコンクリートを灼いている。爛れた足の裏はなおも熱いコンクリートにはじき返され、足の回転がますます速くなる。能力を上まわる回転の速度は息を継ぐリズムと合わず、吸っているのか吐いているのか、もしかしたら息らしい息をしていないのかも知れない。

喉が灼ける。鼻が痺れる。耳が破裂しそうだ。

殺し屋が追って来るのだ。逃げているということは、彼らの恐ろしい速さと同じかもしくは上まわる速さで走っているということになる。火事場の馬鹿力というやつだ。いつの間にか、火事場の馬鹿力、火事場の馬鹿力、と唱えながら走っている。

追い詰められて、ビルからビルへと跳び移る。ものすごい跳躍だ。こんな力がどこから湧いてくるのだろう。

殺し屋は世界的組織いや宇宙規模を誇るシンジケートの密命をおびて、わたしを追っているらしい。どうしてわたしが追われるのか。走りながら一所懸命考える。考えても考えても心当たりがない。訳も分からず、わたしはひたすら逃げる。ひたすら走っている。

とうとう背後に手がのびる。いま走っているビルの向こうにはもうビルがない。絶体絶命。だが捕まるわけにはゆかない。間一髪の、あの瞬間を、わたしは決して忘れない。ええい、どうとでもなれ。目をつむってわたしは跳ね上がり、落ちてゆく。霧の中へ。

それからどうなるのか。

わたしは死んでしまうのか生きているのか。シンジケートの解明は。殺し屋たちの正体は。

それが分かりたくてわたしは毎晩同じ夢を見ようとし、見る。そしていつも同じ場面で目が覚める。わたしの両肩に翼が生えたのは、きっとそんな理由からだ。翼と言っても、ようやくわたしの体を空中に支えることができるだけの、薄い蜉蝣《かげろう》の羽のようなものだ。

だからわたしは、ビルから落ちるとも落ちないともつかず地上すれすれに漂っているのだが、もう走ることは出来ない。ただ浮遊するだけだ。だんだん数を増してきているらしい殺し屋たちは、そのうちにわたしを見つけてしまうだろう。

彼らの目から逃れなくてはならない。

羽をたたんで水にくぐろうか。羽を鍛えて空高く舞い上がろうか。もちろん、そのどちらも試みる。ところが、水にくぐればいつの間にか溺れ、空高く舞い上がればたちまち太陽の熱に焦げた。おまけに波にさらわれ風に吹き寄せられて、使い物にならなくなったぼろぼろの羽を引きずりながら辿り着いたのは、小高い森の一本の樹の梢であった。

緑の楽園とはこういうところを言うのかも知れない。わたしは柔らかくていい香りのする葉っぱの重なりを褥《しとね》にしばらくまどろみ、ようやく少しの平安を得る。

しかしそれも束の間。蒼い月明かりにふと目ざめると、にわかに尿意をもよおした。

わたしはざらざらと引っかかる木肌に擦り剥かれながら樹から滑り降りて、誰の目にもふれない場所を探す。

こんな処で誰の目も何もあったものではないではないか。どこでだって自由に放尿できるというものだ。おまけに今は深夜だ。殺し屋たちだってわたしを追うのに疲れてぐっすり眠っているだろう。わたしは苦笑した。

だが出ない。どうしても出ない。苦しまぎれに身をよじり下腹を押さえる。はち切れんばかりになった膀胱の痛みにまみれる脂汗は断末魔の冷や汗に変わる。

とうとう昏倒した。

その途端金縛りが決壊した体から一気に尿が放たれた。

出る出る出る。出る出る出る。まだまだ。

何という心地よさだ。至福のひとときだ。温かい。ああもう、殺し屋たちに捕まったっていい。死んでもいい。

その翌朝だ、青空に、盛大な痣のある一枚の白い雲が浮かぶのは。

うわーい、またおねしょ雲だよ。

ランドセルを背負った一年生の子どもたちが指さして、口々に叫ぶ。

その中に、黙ってわたしも混じっている。

さあ、みなさんは今日から小学生ですよ。もうひとりで何でも出来ますね。

入学式の日の先生の声が聴こえる。

もうおねしょなんかする子はいませんよね。いるのかな。

はい、まだしている人、手を上げて。

後ろには正装をした父兄たちが並んでいる。手を上げないわたしの嘘を知っている人が、少なくとも一人はいるのだ。

おねしょ雲はすぐに形を変えて消える。しかし数日すると、やはりひらひらと舞うように姿を現した。

何十年も昔のことだ。

そうだ何十年も昔のことなのだと、ほっとしている夢から覚めるのだが、それももしかすると夢なのかも知れない。気がつくとわたしは走っている。

息も絶え絶えに、走って走って、走る。

どうしてか分からないが、わたしを追って何処かからやって来る殺し屋たちから逃れるために。

バーチャルリアリティ

液晶の青い画面は、デルボーの絵のように無機質に構築されたビルや道路や住まいや、絵本のような森や海や花畑を、ロボット的人間たちが自在に右往左往している。かと思うとたちまち耳をつんざく大音響とともに、アンティークや未来のマシンが疾駆し、極めつきのマッチョな男たちが銃や剣を振りまわして熾烈な殺し合いを始める。

ときどき画面の手前に画面をあやつる人間の後ろ姿が映る。

「このようにしてバーチャルリアリティに入り込み、現実には無い多様な仮の現実、虚構を、さも本当の現実のように、主人公になりきるのです。それも自分、これも自分なのです。そういう人々が増えています。さて◯◯さんは、今日もこの後、実際の現実にもどり、仕事の現場に向かいます」

解説はまだ続いている。

バーチャルリアリティ、か。

テレビを消したが、何だか泡のようにまつわりついてくる底の知れない不気味さが消えない。

どれが本当の自分で、どれが仮の姿か、そのうち分からなくなっちゃうんじゃないの。やっぱりもう、みんな狂うしかないか。

だけど仮の現実なんて、今さら始まったことじゃないよね。この世は、仮の住まいとか、何とか、そんなこと、昔から言ってるわ。ハイテクのIT世界が広がっただけのことじゃないの。

ぶつぶつ呟きながら、登代の目はカレンダーをたどって、ふと、その上の長押についこの間並んだばかりの五人の肖像写真に宙づりになる。

肖像写真といっても、ちゃんと撮影したのは舅のものだけで、あとは何とか探し出すことができた古くて小さい写真をむりやり引き伸ばしたものである。

最初に引き伸ばしたのは祖父の写真であった。

明治の頃から武運長久を願って肖像写真を神社に奉納することがあったようだ。その中から見つかった。かなり傷んで暈《ぼ》けていたが、二十歳を過ぎたばかりらしい凛々しい軍服姿は日清戦争時のものと思われた。

その写真にまるで誘い出されたかのように、従軍の功績を讃える菊のご紋章入りの大判の表彰状が三枚、納戸の片隅から埃まみれ虫喰いだらけで転がり出た。

この祖父は代々の鍛冶屋を営み、その腕と人柄を慕って弟子入りする者が多くいたという。この家に嫁に来た登代はよくそのことを訪れてきた人たちに聞かされたものである。

次に引き伸ばしたやはりなけなしの古ぼけた一枚は、祖父没後二十年を生きてお風呂で入浴中に亡くなったという、背中を丸め眩しそうに顔を仰向けている祖母である。叔母が持って来てくれた。

少し目の悪かったこの人は無類にやさしかったと、夫の恒彦は言う。恒彦、ほれ、お食べ、と事あるごとにキャラメルが一箱、孫の夫の手に載せられた。夫がキャラメルを多量に買いこむ癖のあるのは祖母の情愛を忘れかねているからだろう。

そしてまあびっくりすることに、曽祖母の写真が出てきた。いくらなんでもこれは引き伸ばしても駄目やろ、と言いながら持って来てくれたのはまた叔母であった。

名刺より二まわりも小さくてよれよれ。すっかり色褪せて茶色くなっていた。それでもそのひび割れてささくれ立った奥から、木綿らしい着物姿の上半身、ひっつめ髪、細面の切れ長な目が、よく見る昔の女の、すべての苦楽をひっかまえて生きたしっかり者の風情をたたえて、どっしりと登代を見つめてきた。

さっそく写真店に出向き、こんなに古い小さなものでも四つ切りに伸ばしてそれなりの写真になるだろうかと、恐る恐る訊ねてみた。やってみましょう、と店員は即座に自信ありげに言った。

ＩＴ機器全盛の今はどんなことでも可能らしい。さすがに日にちを数えたが、出来上がった写真は思ったより満足のいくものであった。

曽祖母、祖父、祖母、舅、姑。一応五人の肖像写真がそろった。

買ってきた五つの額に一枚ずつ丁寧に納めると、金槌を持って踏み台に上がった。登代の左右のポケットには、長押に取り付ける額受け金具と紫の三角布団、五セット分が入っていた。

「この次に親父とお袋が並ぶんやな」

その夜、勤めから帰って着替えをしながら長押を見上げた長男の良平がぽつんと言った。

「まあなんてことを。おかあさん、ごめんなさい」

嫁の美和子があわてて良平を睨んだ。

「あはは、でもそういうことよねえ。でなかったら大変、大変」

登代ははぐらかしたが、胸の奥に走った密かな閃光を今も持て余している。

登代を静かに見下ろしている、かつて此処に確かに生きて、暮らしていた、物言わぬ人たち。物言う生きている誰よりも雄弁な現実に思える。

「仮の現実、虚構、に生きるバーチャルリアリティ？」

ふん、と登代は鼻を鳴らす。

月影

電話が鳴ったのは、師走の殊にあわただしい一日を終えて遅い夕飯の片付けをすませ、ようやくテレビの前に落ち着いた時であった。

電話台の横の小さな置時計は十時を少しまわっていた。

「わたし――。わかる？」

囁くようにいきなり問いかけてきたその声を忘れるはずがなかった。

「田崎さんでしょ。栄子さんよね？」

「覚えていてくれたア？」

「決まってるじゃない。まあ、何年ぶりかしら。元気？　どうしたん、何かあったん？」

「ううん、何にも。ちょっと近くに来たもんやから。そうや、ここ、可奈子さんとこやったって思ったら、急に顔見たくなっちゃった」

「うれしいうれしい。近くって、どこ？　道、覚えてる？　お迎えに行くわ」

こんな時間だぞと夫の信也が目尻をつり上げているのを横目に、可奈子は急き込んで言った。

「大丈夫、もうほんの近く。車置いてすぐ行けるから。それに、まんまるいお月さんが出ていて明るいし」

え？　栄子は運転するんだっけ。そうか、ご主人が亡くなってとうに十年を過ぎているんだもの。当時中学生だった二人の男の子を育て上げるのにも運転は必要だったろう。もしかしたら最近免許を取ったのかも知れないけれど。

それにしても隣の町に住む栄子が、この時期、この辺りまで深夜のドライブとは。もう思う存分、羽をのばせるようになったのだ。そして此処を通るからにはわたしに逢わずにはいられない思いを今も持っていてくれるのだと、気持ちが弾んだ。

信也を寝室に追いやると、急いで有り合わせの菓子を盛り、冷蔵庫のプリンを小鉢にあけた。おしゃべりしたあと長い道のりを運転して帰って行かなければならない栄子の疲労を考え、少し濃い目のコーヒーを焙てた。

しばらく見ない間に栄子はすっかり変わっていた。

もともと大柄だったのがいっそう肉を増し、そのせいか肌にも艶がのり表情が豊かになっている。可奈子は栄子を生涯の友人の一人と位置づけているが、どちらかと言えば我執の強い陰鬱で鈍重な押し出しにはちょっと退くところもあるにはあった。

栄子は溌剌として饒舌だった。

栄子の変貌を驚きもしたが、可奈子は心地好く受けとめた。一日の終わりではなく、始まりのような時間の中に二人はいるのだと、変わることのない友情という幸福を思っていた。

「栄子さん、幸せなんだ」

「うん、まあね。息子たちも結婚して何とかやってるし、孫も生まれたしね」

「うわあうらやましい。うちなんか三人の子どもたちがまだまだ――、大変」

「尭も洋もお嫁さんもやさしくてね――」

言いながらふと栄子が左の袖口をめくって時計を覗きこんだ。

「あのね、実はね、尭が車で待っているんよ」

「まあ、どうして？　そんなん、どれだけ時間が経っていると思うの、この夜中、今まで車の中に一人置いとくなんて。水臭いじゃない、どうして一緒に上がってくれなかったの」

うろたえて尭を連れに行こうと立ち上がる可奈子を遮り、

「尭がね、新しい事業を始めてね。商事会社の下請けというか、まだ小さいんやけど。その商品がとってもいいもんだから、一つ、どうかと思って。持ってきてるんやけど」

心臓がことんと鳴った。

こぼれ出ようとする言葉を咄嗟に呑みこんだ。

「尭君が事業を――。よかった、おめでとう。栄子さんも一緒に？」

「ううん、わたしに出来ることなんか何もないもん。せめて、こうして協力してるとこ」

本心を明かして、栄子は真っ直ぐにかつての笑顔を可奈子に向けた。

「見てくれる？」

「うん、とにかく尭君を呼んできて。可哀想だわ」

時計はすでに一時をまわっている。

何がどんな物かも値段も分からないままに、もう買うしかない。

事業開店の祝いにしよう。裏切られた友情への密かな墓碑銘、捧げ物だ。

運び込まれたのは三つ折りの分厚いマットレスだった。

「磁気とミネラルとハーブ入りの健康マットです。クッションは硬い特殊加工で脊椎と腰に優れた効果を発揮します。輸入品ですのでちょっとお高いですが、寝具は人生の三分の一を共にするものですから――」

待ちくたびれた不機嫌もなく、すでに慣れた口調でしかし丁寧に解説する尭と、息子に並んでクッションを愛《いと》しそうに撫ぜている栄子に、可奈子の屈折した感情はいつの間にか和らいでいくが、その片隅に、記憶している預金通帳の残高が重なる。
玄関を出ると栄子が言ったまんまるい月が頭上にあった。
その月影を追うように、二人の姿は闇の中を遠ざかって行った。

アナモルフォーシス（鞘絵《さやえ》）

深夜の電話であった。

叫び声に近いあわてふためいた西田明良《あきよし》の声が、寝入りばなの私を叩いた。

「母が盗まれたんです。弟です。順次が連れてってしまったんです、この真夜中、真夜中にですよ」

やったな。寝ぼけた頭にもそう思い、私はようやく醒めた頭の奥で苦笑した。

「それで病院は何と言ってるんです？」

「それが、実の息子さんが迎えに来られたんだし、お母さんも喜んでいたから、こちらには落ち度はないと――」

「そりゃそうですわなあ」

「何とか連れ戻すことは出来ませんやろか」

「――、お母さんが自分で出てきてくださらんとねえ。順次さんと話し合えたらいいいんですが――」

私は曖昧に言い、明良の重い沈黙の伝わる受話器を置くこともならず彼の次の言葉を待ったが、彼もまた私の次の言葉を待って受話器を握りしめているようであった。

受話器を持つ彼の大きな手が震えているのが見える気がした。

家庭裁判所から、私が被告として告訴されているので出頭するようにと、封書が届いたのは大方一年前である。原告は西田順次であった。私が成年後見をしている西田うめの次男である。

弁護士の私にうめの後見を依頼してきたのは長男の明良だ。

弟が母親を言いくるめて、母親の貯金から一千万近い金を引き出している、それに兄嫁である妻の悪口を言い立てて母親を煽るのも困る、妹も弟を憤っている、母親のまだら惚けが進んでいるこの先が不安だ、というのであった。

私はただちにうめと会ったのだが、ふくぶくとした色白の、若い頃はさぞ可愛いかったに違いない、代々の家つき娘の品のよさを湛えていた。そして三人の子どもたちが仲良く助け合っていくように、それだけを願っているのだと、喜んで私がいずれ成年後見人に至る補助人となることを承諾した。

つまり弟の順次は、自分が母親から金をもらったのは、当然の相続分の一部を家の新築のために前受けしたもので問題はない、それよりも兄が兄嫁にそそのかされて自分の承諾なしに勝手に母親の後見を私、関口達生弁護士に託し、母親とその財産をいいようにしようとしている、母親が署名捺印したのはまだら惚けでふたりにだまされているのだ、よって関口弁護士を解任してほしいと、申し立てたのだった。

この件は私が後見人に至る推移に何の問題もないことが認められて難なく落着したが、当然のことながら兄弟の間の溝はいっそう深くなった。兄弟間の争いは私の職務外のことである。私は介入しない方がいい、むしろしてはいけないのだった。

けれども私は、兄弟仲良くというらめの願いを胸に、それぞれに請われるまま何度も兄と話し弟と話し、私立ち合いのもとに兄弟の話し合いの場もお膳立てをした。

しかし事態はますます悪化するばかりであった。ついには母親の取り合いである。

兄弟の家を公平に往ったり来たりしていたうめは、やはり代々繋いできた家を守る長男を立てるのが筋とも思ったのだろう、夫と共にあった懐かしい家で最期をまっとうしたいと順次に告げ、動かなくなった。

兄弟にらみ合った硬直状態が、順次が夜中に病院からうめを連れ出すという奇策で動いたのは、訪れるべくして訪れたうめの老衰による入院を絶好の機会と捉えたのだろう。

結局、そのままうめは順次の家で亡くなった。

順次は母親の死を兄に知らせることもなく、むろん私に知らせることもなく、自分が喪主となって葬儀を済ませてしまった。

私が妻とともに隣町の正光寺という小さな寺を訪れたのは、その寺で、明良が、長男の自分こそ正当な喪主であるとして改めてうめの葬儀を執り行うことになったからである。

ひそひそとした奇妙な雰囲気は、弔問の人々の多くが明良の妻の親戚という、片翼にかたよっていたからでもあるだろう。

妹とともに順次がおこなった葬儀にも出席したという西田一族の長老は、なんとかならんかのう、なんとかならんかのう、わしらにとっては明良も順次も大事なんじゃ、二人とも母親思いのええ者《もん》やのに、どこでどうなってしもうたんかのう、うめさんがかわいそうやがな、なにがなんだかさっぱり分からんと、誰彼に向かい溜め息をついた。

焼香台の正面には、故人の写真の代わりに、孫の明良の息子が鉛筆で描いたデッサンが飾られている。いつの間に持ち出されたのか、うめの写っているアルバムはことごとく無くなっていたという。

私の目には老いてもなおほのぼのと愛らしかった西田うめの相貌があった。そして会うたびに子ども自慢をして嬉しそうに語りつづけたうめの笑顔があった。

「アナモルフォーセス——、か」

まるで鞘絵《さやえ》だ。

視界に映る様相と実像と、どちらが真相でどちらが正しいかなんて、生身を生きているものたちに分かるわけがないと、うめの笑顔にふかぶかと頭を下げた。

うめさんは墓も二つ、菩提寺も二つと、引き裂かれて眠っている。

増殖

必死の形相や恐怖の表情の自分の顔というものは、確かにたびたびそういう時があったに違いないのですが、その時は鏡に映してなど見る余裕はなく、だから見たことはありませんけれど、憂鬱な顔や呆けた顔、泣いている顔なら、日常茶飯事、いくらでも見てきました。

その、必死の形相か恐怖の表情を、今また、わたくしはしているのかも知れません。

わたくしは掻き落とそうとしていました。

いきなり右肩に生えた小さなふわふわの突起物を、です。

ピンク色に薄く透きとおって光るソーセージ状のそれは、びくともしません。爪を立てても破れもしないのです。

それればかりか、それは痛くも痒くもなく、引っ掻けば引っ掻くほど目に見えて大きくなります。動くたびに、まるで世慣れた大道芸人が巧みにくびれさせたり折り曲げたり結んだりしてミッキーマウスや花を細工してウインクしてみせる、あの楽しい細長いビニール風船のように、軽々と膨張し、にょきにょきと伸びてきます。

とうとう服からはみ出しました。

わたくしは仕方なく、巨大になったそれを丸めて片結びにしました。キュキュッと音がしました。

するとどうでしょう、その音が合図かのように、ぷっくりともう一つ、今度は左胸から新芽が出ました。

つづいてもう一つ、喉から。それから——。それから——。とめどもなくあちこちから増殖します。

わたくしが自身で脱いだのか、はじけ飛んだのか、衣服が剥がれたわたくしの裸身には、ぎっしりと腸管状の腫れ物が幾重にもぶら下がり、生々しい光の泡を噴いています。

助けて。恐怖に押しひしがれたわたくしは叫びました。

助けて。わたくしは叫びました。

世界はしんとしていました。

そんな筈はありません。世界は音で組み立てられているのです。

悪が善をせせら笑い、不幸が幸福を尻に敷き、汚辱や下賤が尊いものをけ散らかし、強欲小欲が際限もなく連なって肥大を重ねる騒々しさで、隅々まで満ち満ちているのです。いつの間にか正義と自由を主張する微笑みを艶然とふり撒き、強者の力にまかせてこの世とも思えない美しい音楽を奏で、魅惑の薔薇を飾り立てて、わたくしの言葉を奪います。

それでなくても今の今、わたくしの体に増殖をつづける得体の知れない気味悪いものは、妙に親しみ深い滑稽な音を立てます。奇妙な音はわたくしの細胞の一つ一つから湧き出て、また一つ一つに染み入っていくようです。まるで何事かを急いでいるかのようです。

犬の遠吠えに混じって学校帰りの子どもたちのはしゃぐ声が風に乗ってきます。スーパーマーケットのスピーカーは大売り出しの宣伝です。車の急停車する音。数軒先の、家をリフォームする金槌の響き。ヘリコプターの旋回に合わせてカラスがカアと鳴きます。飛行機の轟音が遠ざかってゆきます。

声高に言い合う隣の若夫婦はつい先日越してきたばかりです。あけすけに笑い声を立てる奥さんは、よくまああれであんな声が出るものだと思うほど、骨皮の痩せぎすです。そのお向こうのご主人は、こちらはまたはち切れんばかりのお腹をもてあましてぜーぜーと息を弾ませ、しょっちゅう汗をかいています。

切り取れば塵一片にもならないほどのわたくしの身のまわりは、それぞれを裏の裏まで覗こうとさえしなければ、それはそれで永遠につづくかに見えるいつもの平穏な日常なのです。それでさえかくも喧しいのに、それなのに、世界がしんとしているなんて。

大海、雑魚の波を知らず、ということでしょうか。

それにしてもわたくしを脅かすのは、それとは分からない音。音。音。無音の音という、恐ろしい音もあるのです。何が怖いって、その、音のない音に、耳を澄ませることほど恐ろしいことはありません。

怖いのです。たまらないのです。

わたくし自身の存在に気づいてしまうからでしょうか。

「あらまあ、またずいぶん増えたものだねえ」

ノックもせずご機嫌でわたくしの部屋へ入ってきた母が、わたくしを眺めまわし、少しの驚くふうもなく、心配もせず、鼻歌でもうたうように言ったのには驚きました。

驚くというより、あきれ、怒りがこみ上げました。

「どうして母さんはいつもそうなの、あたしがこんなになってるというのに。明日にでも死にそうだってのに。もうあたしなんかどうでもいいんだね」

「何言ってるの。死んでるのは母さんだろ。お前は生きているんだよ。生きるんだよ、そうやって、いつだって微笑を浮かべてね」

「あたしが微笑を?」

「おや、気がつかないのかい? ますます板についてきたね、素敵な微笑だよ」

冗談じゃありません。わたくしは恐怖で引きつり、悲痛な必死の醜い形相をしているはずです。

ところが母さんはまた平然と言うのです。

「お前の体にどんどん増えつづけてるだろ。その罪の数だけほほえみつづけるんだよ。ほら、ほほえめ、ほほえめ」

わたくしは恐る恐る鏡を覗いてみました。

くたびれた腸詰めの針鼠のようになったわたくしが、微笑んでいました。

怒ろうにも泣こうにも、すでに微笑はわたくしの顔に張りついておりました。

灯

明《あきら》は息をぜいぜいさせながら駆けた。

夕暮の細道は、反射して光る雪の白光で眩しかった。

ふと足をとめると、ふり向いた。何か、ふりむかなければならないような気持ちであった。

今のさき母に叱られた口惜しさが、今では薄らいで、次第に悲しさに変わっている。

弟がガラスを割ったのに、驚いて出て来た母は、事情もたださずにいつものように彼の仕業ときめ込んでしまった。そしていきなり頭から叱りつけた。

母の一方的な扱いが、彼には、自分の方に充分な言い分があるだけに腹立たしかった。こんな家に誰が居てやるもんかと、やみくもにとび出してきたのだった。

自分がどんな目で周囲から見られているか、知らないではない。手におえない乱暴者として嫌われている。けれど、母ちゃんまでが……母ちゃんまでが……と思うことは辛かった。

もうあたりは一面に夜の気配につつまれてしまった。

強い風が頬を切りつける。その頬を両手で守りながら、ふと立ち止った。

誰か来るようだ。電柱に隠れてやりすごした。

静寂が広がり、黒いもやにおおわれた家々が大入道のように明を見おろしている。

この辺りは夜は早ばやと家に閉じこもる。暗くなると物音一つしない。

登の奴――。明るい家の中に暖かく居るだろう弟を思い浮べる。

道ばたの竹藪がときどき思い出したようにざわざわと不気味な音を立

てる。

また人の足音だ。電柱から半身を乗り出してすかし見た。

懐中電灯らしい明りがゆらゆらとゆれながら近づいてくる。

明は、鼻をすすった。胸がどきどきした。——母ちゃんが見つけに来てくれたのだろうか——。どうしよう。見つけられたいような見つけられたくないような気持ちでいっぱいになりながら——、明りの主が母であって欲しかった。

……明！　明！　って母ちゃんが駆け寄って来たら、おれ、母ちゃん！　母ちゃん！　って、しがみついてやるのに……。

だが明りはゆらゆらと揺れながらそのまま明の前を通り過ぎた。

遠ざかってゆく明りを見送りながら、声をしぼって「母ちゃん」と呼びかけた。こみ上げてくる涙をこらえた。

そしてそろそろと、もと来た道の方へ――。

小石の多い雪道は歩きにくい。歩きにくいことが明の気持をいっそうせき立てる。

早く！　早く！　何かに、追いかけられているようだ。

ふと立ち止った。

郵便局の軒先に灯る明るい電燈の光が伸びきって暗くなりかけるあたりに、何やら黒い影が動いていた。

足音をしのばせて近づいて見ると女の子だ。

鼻おの切れた下駄を持ってしきりに直そうとしている。

葉子だ！

同じ級の葉子であった。

ああ、葉子！

突然、ほとんど言葉も交したこともない葉子に言いようのない懐かしさを覚えた。
とっさに腰の手拭に手をやりびりりと引き裂いた。
その音に驚いた女の子は顔を上げた。明を認めると、
「ああ」
小さな叫び声をあげた。
恐怖と不安におびえきっている。
せっかく手拭を裂いてやったのに。
震える手で引き裂いた手拭の端布を彼女に叩きつけると、後をも見ず走った。
家までの道が遠い遠い。
何故みんなはあんな顔でおれを見るんだろう。

葉子の泣き出しそうな顔がありありと目に浮かぶ。そして弟の顔、母の顔……。

体の震えが止まらない。

葉子にしてやったことを繰り返し思い、涙を拭った。

玄関の戸が開いていた。母が開けてくれていたのだろう。

玄関の柱に抱きつき声を上げて泣いた。

悲しい涙ではなかった。何かしら甘い楽しい涙であった。

めちゃくちゃに母にとりすがって甘えたかった。涙があとからあとからとめどなく溢れ出る。

母が出て来た。

母ちゃん！　母ちゃん！

その彼の頭ごなしに、再び、母の叱り声がかぶさってきた。

「今頃までどこをうろうろしていたのだい！　あ！　手拭をやぶいたね。
また何かいたずらでもしたんだろう！」

（十三歳の作品）

薔薇

居間に入ると、汐子の目にきまって真っ先に一輪の紅い薔薇が飛び込んでくるようになった。

濃淡の深紅がぼってり濡れそぼっているようなビロードの花びらは、天を仰ぐ少女の肉感的な唇のごとく花芯の吐息で微かに震えているようだ。


この薔薇を置いて九州へ赴任する夫に従いて行った若いフラワーデザイナーのエナの言葉を、この薔薇の唇から聴くのだ。

エナはカップの把手を少し骨ばった長い指先でつまみあげると、半分になった紅茶をゆったりと揺すりながら夫に目をやって、

「そう、あたしは一人では飛行機に乗らないことにしているの。だってあたしたちには子どもがいないでしょ、私が死んだらこの人は喜んじゃって、たちまち若い奥さん貰って楽しく暮らすんだと思うとね、飛

行機で墜落死なんてわけにはいかないの」

「ご主人は一人で搭乗《の》ってもいいの?」

「ええ。あたしが生き残る分にはそんな情の無いことはしないもの。一生、この人のこと思い続けてやるわ」

「ご馳走さま。あなた、男冥利に尽きるわね」

「はあ、はあ、それはもう。こうなると恋女房も恐ろしいかぎりですな」

　エナの夫は人のよさそうな童顔を赫らめてははは……と笑った。

「わたしだって先になんて死ねるもんですか。折角築き上げた家庭と苦労して何とか育て上げた三人の子を他の人にさらわれて、甘い汁だけ吸われたんじゃや、ほんと、割に合わないわ」

　夫を愛しているかどうかなど問題ではないのだ。

気づいてみれば、結婚生活二十年の月日がひたすら愛おしい。

家庭に対する思いがけない執着の裏に、夫へのどろどろした複雑な思いの集積がある。自分自身に向けるやりきれない憤りがある。

夫の愛は結局は彼自身を愛する愛でしかないことを、事あるごとに思い知らされてきていた。妻の命を、汐子の人生そのものを、尊んで大切に考えることなど埒外なのだ。

汐子が望む家庭や夫婦の在り方は汐子ひとりの隠し事として胸の奥底深く閉じ込める作業が、円満な日々のためには不可欠の作業であった。

薔薇を見るたびに、エナの無邪気に夫を恋う熱い吐息が汐子の胸を締めつける。

夫を占有したいというエゴには違いないが、夾雑物の無い純情そのままに、仕事をも持ちながら夫に寄り添うことが出来ているエナが妬ましくもある。

電話が鳴った。

夫の浩三であった。

「いま一時だろ、三時までに銀行へ行っておいてくれ。今日中や」

「どうしたの」

「関部長から話があったんだ。三十万、要るんだ。出しておいて」

「わかったわ。あ、もしもしー」

「何だ」

「今晩も遅いの?」

「うん、多分ね」

浩三の上機嫌が受話器に伝わった。

子供たちが学校から帰って来るまでには戻って来ることが出来ると思

いながら、鏡の前に立つ。

すでによそ行きの顔になっている。悩みや逡巡など差し挟む余地のない妻の顔だ。主婦の顔だ。皮肉な感動を覚える。

冬の街はやたらに明るく奇妙な静けさの中に在った。

改装に改装が継ぐ通りの華やかさを飾るように人が群れているのだが、何故かパントマイムのように空ろだ。

銀行を出ると真っ直ぐにバスの停留所へ向かった。

雑踏に紛れて独り歩くのが好きであった。雑踏の中の孤独は汐子に許される密かに自由なひとときである。汐子だけの世界である。三人の子どもも夫も帰るべき家さえ失せて、精神の昂揚に充ち、情熱にあふれ、真情というひたむきな強靭さに支えられるひとりの旅人になる。

彼に出逢うかも知れない。唐突な想像が五感を走る。それだけで汐子は甦り、自分の好きな素直な顔になるのを感じる。

帰宅してエプロンを着けていると電話が鳴った。

雑踏の中でふと思い出していた学生時代の先輩、島崎であった。

「まあ、不思議」

「久しぶりだね、何年ぶりかな」

「二十年よ。どうして此処が分かったの？」

「実は二年前からこっちへ赴任してるんだ。君のことは分かってたんだけどね」

「だったら連絡ぐらいして下さってもいいのに」

「いや、何となくしそびれてね。それが今日はどうしても君の声が聴きたくなった。さっき街で君とすれちがったんだよ。ところが君ときたら、この世の悩みを一身に背負ったジャンヌダルクみたいな顔をして、脇目もふらず、もの凄い勢いで歩いてるんだ。ちっとも昔と変わらないんだなあ。声をかけそびれて通り過ぎたのを引き返して、うしろから肩を叩こうとしたんだけどね、それもしそびれてね。まったく寄せつけない背中をしてるんだよ」

「ひどい人。わたしの秘密を盗み見したのね。そんな言い方、先輩も昔と少しも変わっていませんね」

「今度、ゆっくり話したいね。時間、つくれる？」

「ええ、いつでも。一度ぜひ、奥様とご一緒に家《うち》にもいらして」

あの雑踏の中を、島崎への思いでいっぱいになりながら歩いていたとは伝えられなかった。

島崎は近いうちにきっと電話をしてくるだろう。砂浜に海の水が浸みるように胸いっぱいに溢れてくるものを呑みこんだ。

その夜、汐子は熱を出した。

悪寒がやまず歯ががちがちと音を立てた。浩三に何枚も布団を重ねてもらったが、なかなか収まらない。涙が滲み、堰を切るともうとめどがなかった。

汐子は声を上げて泣き、啜り上げた。

「一体どうしたんだ。馬鹿だなあ」

一旦眠りかけた浩三が腕を伸ばしてきた。

夫の太い腕に抱きとられても泣き止むことが出来ない。

無性に天国にいる母の傍へ行きたい。汐子の存在そのものを慈しんで許してくれた人が恋しかった。

涙が止まらない。

「いい加減にしないか」

浩三は汐子の背中から腕を抜くと荒々しく寝返りをうった。

いつもの通り鼾をかきはじめた夫の傍らで、汐子は身も心も高熱に浮かされ病んでいた。

翌朝、往診にやって来た医者は「流感です」と診断を下し、薬を届けさせると言うと帰って行った。

春の雪

大学生と少女は炬燵を挟んでぬくもったまま沈黙の中にいた。

夜の更けた窓は黄色い電球の明りを奥深く映してときどき犬の遠吠えに震える。無造作に積み重ねられている書物の濃い影がふたりの距離を埋めている。

春とはいえ信濃の厳しい寒気はまだ冬であった。木枯らしの鳴る音が絶え間なくふたりの胸を打つ。

「帰らないわ」

炬燵の掛布団に頬をうずめながら少女が呟いた。

ふっと空気が動いてやわらいだ。

「何か言った?」

「明日の朝帰る、って言ったの」

そのままふたりはまた黙りこんだ。

外は寒いだろうなと少女は思う。今なら最終のバスに間に合うのだけれど。

でもバスに乗ってしまったら、私の心が何かに間に合わなくなる。どっちを採ろうか。本当は外に出るのが億劫なだけなのかも。

大学生は無言で立ち上がると押入れの引き戸を開けた。手際よく炬燵を挟んで両側に布団が敷かれてゆく。大学生の高い上背と長い脚が静かに動いて真っ白なカバーが付けられるのを、少女はぼんやりと眺めていた。

「今なら最終のバスに間に合うんだがな」

大学生は少女の瞳を見つめた。

「同じことを考えるのね」

少女は無邪気な声を立てて笑う。

「叱られるだろ？」

応えるかわりに靴下を脱ぐと布団にもぐりこんだ。

遥かな山の頂から吹きおろす寒風が窓を叩いている。

あたかも少女の名を呼び続けて哀しげに尾を引いては遠ざかりまたやって来る野獣の咆哮を聴くようだ。

雪だわ。

少女は胸の中で歓びの声を上げた。

きっと今夜は美しい夜になるわ。清らかな一夜になるわ。誰に信じられなくてもいい。ふたりだけがこのことを知っていることになるのだわ。

そっと大学生の方へ目をやった。

彼はまっすぐに上を向いて眠っていた。

雪は粉吹雪となり風に乗って逆巻いている。

やがて風の咆哮はやみ、闇に舞う雪のしんしんとした白さだけが少女の言葉となって夜空へ昇ってゆくようであった。

少女は窓の外へ目を凝らし、それからだんだんと遠くへ耳を澄まし、咆哮をやめた野獣の潜む棲家を思いながら、ことんと眠りにおちていった。

大学生は少女が自分の横顔をじっと見つめているのを知っていた。少女の目は闇の中でもさざきらきらと光っているに違いないと思いながら。少女が今日どうしてやって来たのか、その答えを求めて眠れないでいた。

少女からいつになく昂ぶった手紙が届いたのは一年前の秋であった。直後に少女に送った自分の返信の一言一句をとめどなく思い返し、微動だに出来ないでいる。

〈手紙読みました。

理性を失った居丈高な君に初めて出会って、いささか戸惑っている。もう何も書かない方がよいと思いました。今さらどのように書いたところで、君のヒステリーは僕を理解しようとはしないでしょう。それから、僕の返事が徹底した自己弁護に終わるのではないかという惧れがあったからです。

しかしやはり事実そのままに僕の立場を明らかにすることにしました。これから書くことになおのこと腹が立ったら、地団太踏んで憤り、この手紙をビリビリ引き裂いて力いっぱい窓の外へ投げ捨てて下さい。男なんてみんな狼だわ、わたしは死んでもＭＩＳＳを通すわ、という常套語を思い切り叫びながら。それでも胸の内が収まらなかったら、潔く頭を剃って何処かの尼寺にでも入るといいでしょう。

京都の大学生活は素晴らしかった。だがじきに倦怠と実存的な居直りがやってきた。

惧れを取り除いてみよう。何かが見えてくるのはそれからだと思い、
街の女のところへ一人で、素面で、出かけたのです。

君には理解出来ないかもしれない。小説の材料に文学青年が女をからかいに行くのとは訳が違う。もっとゆとりのない、差し迫った、「俺」という問題、行為と観念というやつに僕はやられていた。童貞とか純潔とかいう既成道徳に反抗する意志に裏づけられてはいたが。

しかし虚しかった。女はけろりとしていた。何だ、こんなことか、と思った。寒々しいというより、ただ渡るべき橋を渡って、いつもと変わりなく下宿に戻った、それだけのことだった。

だがしかし、確かに今、僕は渡るべき橋を渡ってしまったあとを歩いているのです。これはやはり重大な事実です。

君はひとり、自分を聖処女に仕立ててうっとりしている。男がみんなそうならば私は一生独りで生き抜いてＭＩＳＳと呼ばれることを誇りに思うでしょう、そんなことを言って、自分がみじめにならないか。

啖呵というものはたいがいあとで後悔するものだよ。君は本当に自分を真から潔癖だと思っているのかい？　完全に潔癖な人間なんてあり得るか。ドストエフスキーを読みたまえ。フロイトを読んでごらん。人間なんかみんな嫌い、男だって、女だって、と絶叫しなくてはいられなくなるだろう。

桜井はＴ大へ入った途端、自ら神棚にのし上がり、のぼせ上って、先輩の僕に対して失礼千万な生意気な絶交状を送りつけてきた。ひとりよがりに僕をひどく邪推し、かつその上それを君に伝え、言わずもがなの事まで報告して、君が僕に絶交状を書くという次第になった一幕の茶番も、どうやら僕がこの手紙を送ることで一応終わるというわけです。では、これで何もかも、ただし記憶というやつはおそらくいつまでもつきまとうのだが、終わった。きれいさっぱり僕の存在を忘れてくれたまえ。

ＭＩＳＳ志望の純潔を祈る。さらば。〉

大学生は少女が窓の方を向いたまま眠ってしまっているのを知っても身動きするのがはばかられ、寝返りも打てずにいた。

吹雪に鳴る窓は雪明りに浮かび、何処からか聴こえてくる美しい歌声を夢とも思えずにいる。その妖しい歌声は大学生をそこはかとない虚しさで圧倒した。

あの手紙は自分を偽っていた。不意に彼はそう思った。無垢な少女であれば怒るのは当然だったのだ。僕を信じきっていてくれた証でもあったのに、くだらない理屈を並べて自分を正当づけるのに精いっぱいだった。ヒステリックで居丈高になっていたのは僕の方ではなかったか。

君が今日僕を訪ねてくれたのは僕への許し、或いは愛からではないか。僕は君に、時として性を意識することはあっても、君をその対象にしてはいけない、いやしたくないと思っていたようだ。

ただこれだけははっきり言える。普段はすっかり君のことを忘れているが、ふと君の微笑が目前に浮かび、僕もにっこり微笑み返しているんだ。そしてそんな自分を実に自由で安心して満たされていると感じて、大切にしてきたのではなかったか。

これを愛と言うのだろうか。

君はなんて精神的で知的なひとなんだ。それがいっそう僕を惹き付ける。しかし男と女の愛は肉体と肉体のアタッチメントでもある筈だ。君はそれをどう考えているのだろうか。そして僕と言う卑劣漢を。

今までそれを語り合わなかったね。曖昧な和解をしてはいけないんじゃないか。

吹雪が止んだようだと思いながら、大学生は眠りに陥ちていった。

平和な眩い朝であった。

一夜のうちに一面雪景色となった木立の枝々には雪の華が陽に輝き、光は泡立ちさざめいていた。

軒には鋭く尖ったつららが艶を競って垂れ下がり、思う存分豊潤な水晶の珠となり、遂には一気に落下して砕ける水滴が可愛い音を立てている。

少女は窓を開けた。

腕を広げ空に向かって思いきり深呼吸をした。

冷たく香ぐわしい大気が鼻腔に満ちた。

「さようなら」

そして眠っている大学生に、

「さようなら」

もう一度呟いた。

階段を下りてゆく少女の足音へ、大学生は身動き出来ないまま声にならない呟きを送っている。

ふるさとの雪はまた格別だね。

僕は明日京都へ戻る。君はいつ上京するんだい？　東京と京都では
やっぱり遠いねえ。
夢とも現実ともつかぬ温かい布団の中で次第に饒舌になり、やがて深い眠りに陥ちていった。

放熱

ショパンを聴いていると、ベートーヴェンに学んだと思われるフレーズがかなりあることに気づく。けれども音が違う。ショパンの音とベートーヴェンの音はまったく違うのだ。それが〈自分の音〉というものなのだろう。

天上の音楽、モーツァルトの音もモーツァルトだけのものだ。どの音も、産み出した者の命と人生と才能を賭けた凄絶の極みをもって、わたしの心と体に潜んでいる何かを鷲掴みにし引きずり出す。気づくと、いつも、いつの間にか決まって涙ぐんでいる。

わたしは車を路肩へ寄せた。

運転席のブラインドを裏返し、小さく取り付けられている鏡をのぞく。いつもの癖だ。そしてこの顔がわたしの顔なのかと、呟きを胸に落として、ＣＤを入れ替える。するとまたいつものように、あの三冊の本が、体内に呼吸する胎児の胎動のごとくわたしを揺さぶってくるのだ。

わたしの書棚の上段の一番右端に、何百年も経っているかのような、見るからに古ぼけた分厚い三冊の本がある。

並んだ背表紙はどれもぼろぼろだ。すっかり煤けている緑色のカバーは、破れかぶれの箇所を白い画用紙とセロテープで継ぎはぎされ、まるで目と鼻と口だけを出した包帯だらけの野戦病院の傷兵のようだ。

手に取ってみると、上下二段組み六百ページに近い小さな活字は、中まで年代が染み透ってすっかり茶色に変色した粗悪な用紙に、薄れてはいるけれどそれでも健気に一つの不足もなくとどまっている。

裏表紙の内側には〈一九五〇年九月二十日〉と、五十年前の日付けに並べて、〈汗の結晶・深津見子《みこ》〉と墨書してある。深津はわたし見子の旧姓だ。いかにも稚い感じの、その畏まった少し丸い文字を見るたびに、わたしはいつもくすんと笑う。そして涙ぐむ。

この時、わたしは中学一年、十三歳だった。家の手伝いをして小遣いが溜まると、街の一番大きな本屋へ一目散に買いに走った。日本が戦争に敗けて五年、確か敗戦後最初に成った世界文学全集だ。二十四巻そろっていたのが、こうして今残っているのは三冊だけである。

結婚するときわたしが大切に大切に持って来た蜜柑箱八個にのぼる本の大方が、無くなっているのを知ったのは、肝臓と子宮を同時に手術して退院した、その日であった。

夫の皓一も舅も姑も子どもたちさえも家族はみんな、わたしがもう寝たきりになると思ったらしい。本など無用、むしろ有害だと考えたのだ。ぽかぽかと気持ちよく陽の当たる居間に新しいベッドをしつらえて、これから厄介者でしかないかも知れないわたしを、思いがけなく手厚く迎えてくれた彼らに、何も言うことはできなかった。

手術にはあっけらかんと臨んだわたしが、それから心底、絶望にひしがれた夜を幾夜となく送ったことを誰も知らない。

運よく残った三冊が、わたしにこの全集のうちから三冊を選べと言われれば、苦し紛れにも結局はこれらを選んだに違いない三冊であったことを考えると、好運とも言えたが、これらの三冊がどうして残っていたのかは分からない。きっと、それが何であったのかはもう忘れてしまったが、たまたま特別の意図があって別のところに置いてあり、難を逃れたのだろう。

その一冊は、イギリスの女性作家ジョージ・エリオットの『フロス河畔の水車場』だ。

全集のうち最初に買った一冊である。敬愛してやまない兄のトムに許してもらえない、利発で純朴な主人公マギーの不幸な恋。その兄と妹はフロス河をあふれ下る洪水に呑まれて共に死ぬ。清く正しく誠実に、けれども情熱的に自立して生きようとするマギーの情念とその葛藤が、あまりにも自分に似ていて、わたしはわたし自身を読んでいるような興奮と涙で息を詰めたものだ。

見方を変えれば兄と妹の濃密な愛の葛藤でもあるのが、まだ大人ではない思春期の入り口にあったわたしに、謎めいた辛さを残した。

もう一冊は、ドストエーフスキイの『罪と罰』である。

屋根裏部屋に下宿する貧しい苦学生のラスコーリニコフが、強欲な汚らしい老人がのさばり有能な若者が前途を阻まれる世の不条理に、かねてから考え抜いた金貸しの老婆殺しを決行するのだが、はずみで予定外のもう一人をも殺してしまう。果たして自分の理屈が正しかったのか、正しかったにしてもこの救いのない気持ちは何なのかと、次第に苦悩を深める彼の魂を救うのは、聖なる娼婦ソーニャである。

学生時代、ラスコーリニコフを気取って三畳の屋根裏部屋に下宿した。わたしは、ラスコーリニコフにもソーニャにもそして老婆にもなり代わり、その後の自分の人生と社会をいつも見つめてきたような気がする。

そしてもう一冊は、北イングランドのヨークシャー州に短い生涯を終えたエミリ・ブロンテの『嵐ケ丘』だ。

荒涼としたヒースの丘に繰り広げられる、ヒースクリッフとキャサリンの暗い情熱、狂恋と復讐の物語。キャサリンはヒースクリッフを裏切りながらも彼を求め、彼の腕に抱かれて死に、ヒースクリッフは（自分の運命への）復讐の悪鬼となりながら、ついにはキャサリンの墓をあばき名を呼びつづけて、雨の中に死ぬ。

　二人のどうしようもない、闇を貫く情熱に翻弄される魂の結びつきは、麻薬のようにわたしを囚え、わたしの人生を思いもかけない複雑なものにした。

　その上にもこの三人の作家が、エリオットが一八一九年、ドストエーフスキイが一八二一年、ブロンテが一八一八年と、ほぼ同年代に生まれ、十九世紀という同じ時代を生きながら全く交流がないままに、それぞれに屹立した孤高の魂とその創造のうちに生ききって、ともに時代を切り開いた代表的な作家であったことは、わたしをわくわくさせる。

　三人の世界に魅せられた発熱は、わたしの体の細胞の一つ一つに密かに潜りこみ、沈黙したまま、けれども決して衰えることなく、抑圧される分いっそう熱量を増して、執拗に隠微に、絶えずわたしを支配してきた。

そのことに気づかない振りのわたしの澄ました顔が、時々、ショパンとベートーヴェンのピアノの音に叩かれて崩れる。細胞から染み出るように、熱に浮かされたわたしの正体が朱い色をしてあばき出される。

車はもう一時間も走っていた。

街から離れた深い田舎の景色を取り巻く幾つも重なる低い山々は、冬はまるで剥がれたように土色一色で寂しいことこの上もないのだが、初夏の今は、たちまちふかふかとした淡い黄緑の産毛にくるまれ、柔らかい陽射しに照り映えている。

雨が続くと洪水があふれたびたび土砂崩れが起きる川沿いの長い道を進み、橋を渡ると、ようやく特養の老人施設「白百合ホーム」に着いた。

「土橋《つちはし》さん、今日はお早いですね。お三人さん、お待ち兼ねですよ」

めざとくわたしを認めて事務室の奥から立ってきた施設長が、内から職員が操作しなければ開けられないセキュリティを解除して玄関を開けながら、相変わらず愛想のいい丸い笑顔で出迎えてくれた。

「三人とも元気ですか」

「ええ、まあ。この二、三日、田村さんがちょっと風邪気味でしたけどね、今はもう大丈夫です。河合さんは悪たれがますますひどうて、何とも意気軒昂ですわ」

「あはは、安心、安心。本田さんは?」

「本田さんは、土橋さんからもろたあの赤いブラウス、喜んで着てますわ」

「そうですか、よかった。あれはお古といっても一度しか着ていないですから。本田さん、よっぽど赤が好きなんですねえ。何が欲しい?って訊いたら、赤い服を着たい、って」

「ええ、有り難うございます。さて今日はどうしますかねえ、田村さんと河合さん――」

「ほんと、どうしようかな」

「ほんま、あの二人には困ったもんですわ、土橋さんを取り合いやもんねえ。ま、とりあえず田村さんを先にここへ連れてきますか」

「そうですねえ、そうしてくださいますか」

いつも同じやりとりだ。

事務室の窓口に置かれている訪問記録帳に、後見人として、日時と名前と訪問先の三人の名前を書き込んだ。

月に二回と決めている施設巡回だが、今ではここの白百合ホームの三人との付き合いが一番長くなっている。

玄関先から事務所へつづくフロアには、さまざまな陶人形がさまざまなしぐさや表情をして群れをなし、子牛ほどもある大きな犬が二頭、だらしなく薄い敷物に寝そべって、目だけをじろりとわたしの方へ向ける。虎模様の茶色の猫と真っ黒の猫は、わたしが彼らの鼻先を通っても知らん顔だ。

間もなくスタッフの押す車椅子にうずくまってやって来た田村みねは、わたしを認めると、顔をくしゃくしゃにして手を合わせた。

「今日はとってもいいお天気。気持ちがいいわ。ちょっと外へ出てみる？」

わたしは床に膝をついて、みねの耳に口を当てて言った。

それでも二度三度と大きな声で言わなければ通じなくなっている。

「風邪ひいたばかりやから――」

みねは消え入るように呟く。

「大丈夫、大丈夫。せっかくの青空、見てみようよ。あの桜以来、外へ出ていないもの」

「死にたい」

いきなりまた、みねは言う。

「またそんなこと――。この前、約束したじゃない、百歳になるの楽しみにしようねって」

「いやや、もういやや」

声を上げて、わたしねえ、今朝、おしっこ出てもた、始末してもろたんやけど、もう恥ずかしいて恥ずかしいて生きてられへん、と両手で顔を覆う。

耳も遠うなって、足腰もどないしてももう立たん、あれだけ好きやった本も読めんようなったし、ただ世話になるばっかかで生きてるだけをもう十年も生きていくなんて、もういやや。思うだけでぞっとする。飽きてもた。こないして恥をかいてまで生きてなんぞいとうないと、とぎれとぎれに声を震わせる。

「でもね、いま田村さんは、風邪ひいてるから外へ出ない方がいいって思ったんでしょ。ということはやっぱり、田村さんの本当の心は、体を大事にしたい生きていたいって思ってるのよ。その本当の心を大事にしなくちゃ。だから生きようね。生きられるかぎり生きようね」

「いやや。もういやや。いつまでこないして生きなあかんのやろ。生きていたって何の役にも立たへん。無駄なんや。死んだって泣いてくれる人もおらんし」

「わたしがいるわ。わたしが泣くわ」

本当にわたしの目に涙がにじむ。

「それに、田村さんが死ぬということは、田村さんの人生も、そうやっていろいろに田村さんが思ったり苦しんだりすることも、みんなぜーんぶ消えて無くなってしまうことなんだもの。そのこともわたしにはとても切ないの」

わたしはラスコーリニコフと老婆とソーニャを一身に引き受けて、彼らの間を往ったり来たりする。

代を重ねてきた医家の系譜の終焉を独り迎えようとしている誇り高いみねは、金貸しの意地汚い老婆ではなくむしろラスコーリニコフの側に立って、歳とって死ぬのを待つばかりか恥をさらしている役立たずの自分を殺したがっているようだ。

それも分からないではない。それもいいではないかとする自分のいることが、わたしはうしろめたい。ラスコーリニコフにもなり老婆にもなり、そのうしろめたさなど露無いかのように、平然とソーニャでもあろうとする自分から、わたしはそっと目をそむける。

車椅子を押して外へ出ると、川沿いのはるか向こうまで続いている桜並木は、陽光に照り映える深い川床の白い石畳と浅く流れる川をかばうように、葉を茂らせていた。

青鷺が一羽、この静かで穏やかな山間に君臨する孤高の帝王のように、白い岩の上に屹立して首を上げている。

「青鷺よ、ほら」

しかしみねは、今や自分の一生を語るのに一所懸命だ。

「両親もまわりも医者ばかりやのに、両親が早う死んでもてねえ。わたしは祖父母に育てられましたさかい、我儘いっぱいに育ちましたんや。そやから祖父母の躾に反発して、何でやろ、家を出たいばかりに好きでもない人とさっさと結婚してしもて。主人は外国まわりの船長でしたさかい、わたしは好きなこととして遊んでばっかしおった。罰が当たりましたんや。子オも出来ず、主人も先に死んでもて、おまけに震災で家まで失《の》うなってしもた。仕方なしに此処へ入れてもろたんやけど、もう出られへん」

何度も聞いている話である。みねが伝えたいのは本当はそんなことではないのだ。

どのように生きたかったのか、どうしてそのように生きられなかったのか、言うに言われぬ思いを残している無念を語り尽くしたいのだ。そしてそれは語っても語っても、みね自身にも語り尽くせないのだ。その語りたいことが、定かにはみね自身に分かってはいないにしても。

みねの一生をかけた思念が、みねだけのものとして、みねの肉体とともに間もなく消え去ろうとしている。まったく無かったものになろうとしている。それとも目には見えないが確かに存在している放射能や微粒子のごとく、魂魄という存在としてこの地球上に浮遊し、何処かに、何かに、繋がっていくのだろうか。

「風が出てきたから戻ろうね」

川床辺りを埋めている小石や砂利がブレーキになり、車椅子がキーッと鋭い音を立ててあらぬ方向へ向こうとする。

わたしは前屈みになって力をこめた。

ホームの廊下には、車椅子の老人たちが電線に止まった雀のごとく、並んで群れている。

群れてはいるが、それぞれの車椅子の領分は頑固で孤独だ。ひとりひとり閉じこもって放心している。その体一個分だけが彼らの確かな居場所であり終の棲家、そして存在なのだ。彼らの姿は今にも白い気体となってゆらゆらと消えてゆきそうであった。事実、近い内にその通りになるのだ。

みねを部屋へ送りとどけると、わたしは、廊下の群からひとり離れ胸にうずめた顎にくっついた口をへの字にひしゃげて、下から上へすくうように睨みをきかせている、河合一子《いちこ》のところへ行った。

「いつもあっちが先やな」

いつものように一子が言う。

「そうかなあ。でも後の方がゆっくりお話が出来ていいじゃない」

わたしもいつものように応える。

「また死にたい死にたい言うたんやろ、あのアホの甘ったれが。出がいいからって自慢たらたら、威張っとるくせして。大体、死にたいなんて言うのん、生意気や。贅沢や。這いつくばって生きてきた者《もん》には、口が腐ってもそんなこと言えんのじゃ。生きるために生きてきたんやからな。わたいは生きるでえ」

「ほんとほんと。生きて生きて、生きなきゃ」

「あんたにだけ教えといたげる。しょっちゅう手エ洗いよ。特に手の甲と指の間をな。それから水道の水コップ一杯に酢ウ落として毎朝飲むんやで。そいで三回、深呼吸する。それだけで大抵の病気は予防できるんや。ほかのごちゃごちゃした御託なんぞ要らんのや。

　これはな、コウベ大学のマッモト先生が言われたんやで。日本の保健医学の権威や。そりゃあ偉い先生やった。その先生がわたいを来いいうて研究室へ引っ張ってくれはった。お陰でいろんな偉い先生たちに出会えたし、研究発表もさせてもろた。お前に任せといたら大丈夫やて、いつも言うてくれはった。

保健教育まとめた本、わたいも書いとるんや。それもマツモト先生のお陰や。そうや、あんたにも上げたなあ。

ほんま、先生に会いたいわ。お礼が言いたいんや。コウベ大学へ電話して連絡とってほしいんや。

ここは電話も携帯も何もさせてくれん。書く物も持たせてくれん。施設長はああ見えて、正体はごうつくばりの鬼じゃ。ここの者はみーんな表と裏があるでな。恐ろしいわ。本心は冷とうて不親切で、ド畜生ばっかりやで。うまいことつくろうとるけんど、わたいにはみーんな見えとる。よう見えとるんじゃ」

一子はきりもなく機関銃のように喋りつづける。

かつて頭に詰め込んだ知識と自負は彼女にとって崇高きわまりない明

りなのだ。自身の死肉を食らう禿鷹の眼光となって周囲を睥睨《へいげい》している。弟子の一子が八十七歳になっているのだから、その師であるマツモト先生が今も大学にいるはずもないが、彼女の時空間《じくうかん》には何の違和感もなく今と昔が共生している。

「この前頼まれたもんね。メモして帰ってすぐコウベ大学へ電話してみたけど、分からないって返事だったわ。仕方ないわね、もう六十年も経ってるんだもの」

実際、わたしは電話をしたのだ。当然の返事が返ってきただけであった。

しかし一子の言う〈彼女の本〉は確かに存在して、わたしの手元にもある。ずっしり重い箱入りだ。彼女は紛れもなく、その細かい活字のびっしり詰まった五五〇ページからなる、「生涯健康教育の知識の宝庫」

と銘打たれている『学校保健用語大辞典』の、一六〇人の執筆者の一人だった。この施設に入居する二十年ほど前に出版されている。

ふーん、と一子は言った。

それからやにわにわたしがいつも隠し持ってきてそっとポケットに忍ばせるおやつを取り出すと、今日はクリームいっぱいのシフォンであったが、ライオンが兎をがぶりとやる勢いで口の中へ一気にねじ込んだ。口の両端に汚くこぼれ出るシフォンを両手の指で押し込み押し込み、クリームだらけの指を一本一本嘗める。

「見つかったら取り上げられてまうからな」

にやりと笑う。

一子の足元をふと見ると、裾をめくった両脚が、盛大に引っかじいたらしい爪跡が膿《う》んでぼったり紫色に腫れ上がっている。

「まあ何、これ。痛くないの？」

「なんや」

「この脚。ちゃんと診てもらったの？　治療してるの？」

「いんや。こんなもんどうもあらへん。それより、あの本や。五十冊買うてみんなに配りたいんや。それからみんなに鯛をご馳走するんや。今度、お金おろしてきてくれるか」

「え？　あれ、一冊、一万六千円よ。五十冊ったら八十万円だわ」

「ええんやええんや。家売ったんやさかい」

わたしは苦笑する。

たしかに一子は、年金だけでは施設への支払いが足りず、先日家を売ったばかりである。結婚もせず子も持たないで衿持と自立に邁進する一生を懸け、四十代で何を思ったか、ひとり道も拓けていない山の上に四千万円をかけて建てたというその家は、時を経て一文の値打ちもなかった。土地も、場所が場所だけに買い手がつかず、ようやく十分の一の四百万円の値がついたのであった。

一子の頭は四千万円の誇りと四百万円の失意とを同居させて、もの狂ほしい覚醒と迷妄とを繰りかえす。

「わかったわかった」と言うわたしに、

「わたいはあんたが大好きや。あんたはいい人間や。わたしにはちゃんと見えとる。また早う来てな」

と手を上げる。

いい人間、か——。わたしの胸に、ベートーヴェンともショパンともつかぬフォルテッシモの音が一音、鳴り響く。

本田はつは、この頃少し太ったようだ。

食堂を抜けた外来者との談話室にぽつんと座っていた。車椅子を使わない数少ない一人である。

耳が遠くなったために耳を澄ます茫洋とした表情は、どこかで見たことがあるような小さな仏像を思わせる。

はつさん、と呼びかけると振り向いてにこにこした。

「よく似合うわ」

大仰にのけぞって額に手をかざし、赤い服を眺めてみせる。

「似合うやろ」

はつは得意そうに、またにこにこと明るい笑顔をつくった。

「はつさんはカラオケが好きなんだって？」

「うん、好きや」

「どんな歌、うたうの？」

「女の道、とか、二輪草、とか、いろいろ」

「へええ、聴いてみたいな」

「夏祭りのカラオケ大会、申し込んであるよって……」

「うわっ、自信あるんだ」

「自信なんかないけんど、よう歌っとったから」

言葉少なにおっとりと話す。

よう歌っとったというのは、彼と一緒にという意味だろうと、わたしは勝手に想像する。

一番平凡に人に隠れて見えるはつが、実は田村みねよりも河合一子よりも壮絶な修羅、いや陶酔の境地をくぐって来ているのだとは、誰も想像しないだろう。

恋の修羅である。事実を知るわたしでさえ、ときどきはつの横顔を盗み見てはその正体を確かめたくなる。

もうすべてが終わったということか。最初の会見でみんな話したから、それ以上聴いてほしい欲求を覚えないとでもいうのだろうか。それとも忘れようとしているのか。本当に忘れてしまったのか。それとも満足しきったのちの、今は空白の境地にいるのだろうか。

尋ねないかぎり自分からは過去をいっさい話そうとしない、何があっても動じそうにない、静かな小柄なはつを見るわたしの喉元に、ふと妬ましさがよぎる。

はつを思うときぎまって浮かんでくるのは、辺鄙《へんぴ》な田舎の山裾《やますそ》を幾つも曲がりくねり、わずかな集落を抜けてたどり着いて目にした、鬱蒼と繁る藪にひっそりと囲まれている小さな一階建ての家である。

瓦葺き屋根の下に静まっているエメラルド色の四枚の一枚ガラスの引

き戸が、この家の主のセンスと或る特別な思いをうかがわせた。しかし台所と洗面台付きの風呂場、トイレに、狭い廊下をはさんで二部屋があるだけの、その家には、安価な洋服ダンスと小ぢんまりした卓袱台、それに書棚が一架、備えられているだけであった。

そこが、本田はつと結城晋蔵《しんぞう》の隠れ家であった。晋蔵の本宅は隣町の街中にあり、妻は離婚を拒否して、二人を決して夫婦とさせない道を選んだ。三人の息子たちも二人を許さず、晋蔵が死ぬと、相続者としてその隠れ家を要求した。隠れ家は土地も家も晋蔵の名義にしてあったのである。はつは晋蔵より八歳年上だった。

わずかな年金だけが頼りのはつは、身一つで白百合ホームに入所した。

「カラオケ大会では何を歌うの?」

「まだ決めてない」

「もうすぐよ。大丈夫？」

「大丈夫」

「上がらない？」

「上がらない」

皺にまみれた細い目がわらっている。

「センセ、センセは上がるの？」

「上がる上がる。わたしはものすごい緊張症だもの」

「なんでやろ。ぜんぜんそうは見えんのに」

「やっぱりそう見える？」

「見える見える」

はつは急におかしそうに言うと、何かを思い出したように顎を上げて、
明るい窓の向こうへいっそう目を細くした。

訪問記録帳に退所時間を記入しようと事務室に立ち寄ると、また施設長が今度は声を上げて手を振りながら走り出てきた。

「ちょうどよかった。いま連絡があって、坂井さんがまた今夜あたり危ないらしいです。これからわたしは、主任と一緒に病院に行きますけど、土橋さんはどうされます？」

「それならわたしも――」

「よかったらうちの車で」

「いいですよ、自分の車で行きます」

「そうですか。すみません、じゃあまた向こうで」

肩を揺すって、施設長はばたばたと奥へ戻っていった。

わたしも車へ急いだ。

紀市《きいち》は、裁判所の依頼を受けてわたしが世話をすることになった白百合ホームの入所者だ。すでに寝たきりになっていた彼は、入所後間もなく脳梗塞を起こして入院したまま植物状態になり、肺炎をくりかえしている。

危篤状態はこれで何度目だろう。今度こそ駄目かも知れない。坂井紀市のためにはその方がいいような気がするのも何度目だろう。何度も立ち合ってきた断末魔の喘ぎが、わたしをおびやかす。

息が止まれば、紀市は魔法のように消えてしまうのだ。しかし真っ正直にひっそりと働いて働いて働きつづけた大工の紀市の体は、今はどんな思惑もはねのけて消えることを拒否している。信じ難い強固な意思をもって、ただひたすら存在することを主張して呼吸を求めている。

紀市の病室のドアは開いていた。

医師と若い看護師がわたしを認めると出て来た。

「少し血圧が上がってきました。また持ちそうですね。それでも今度はもう、一週間ほどですかね」

「そうですか。有り難うございます」

わたしが入っていくと、長椅子に座って紀市の腕に落ちる点滴を見つめていた施設長と主任は、少し腰をずらしてわたしの分を空けた。

「坂井さん、絵エ描いとったんやて。土橋さん、知っておいででした？」

点滴から目線を動かさずに施設長が言った。

「えっ？　そうですか。知りませんでした。あの家にそんな気配あったかしら」

「そうなんですわ。何もなかったですわ。絵一枚、絵筆一本、絵の具のかけらも見当たらんかったのに」

「本当だとして、じゃあその絵、どこにあるのかしら」

「わかりません。でも絵のことはほんまらしいですよ。それも、かなり知る人ぞ知るだったっていうんですわ――」

「へええ、そうですか」

「あの、甥っこなら知ってるかも――。そうや、その甥っこ、どうしてるんですかねえ。どうします？」

「ほんと、探すしかないですよね」

心なし呼吸が平坦になった坂井紀市の端整な顔貌の象徴のような、肉を失って異様に高く突き出た鼻梁《びりょう》を見つめながら、わたしは溜め息をついた。

叔父の年金を狙って毎月やって来ていた、たった一人の紀市の相続人である甥っこは、わたしが紀市の財産管理をするようになった途端来なくなり、行方不明になった。

わたしは紀市が絵を描いていたというのは本当だろうと思った。彼がどんな絵を描いていたのか、むしょうに知りたくなった。

紀市の絵を探そう。探してあげなければ。見つけて、わたしだけでも心を尽くして彼の絵を見てあげたい、そして瀕死の床にいる坂井紀市の耳に口をあてて、熱い息とともに告げるのだ。

「あなたの絵、見ましたよ」と。

明日また紀市の容体を見に来ることにして帰途についたわたしは興奮していた。

すっかり闇に包まれた山間の道は、ライトをアップにしても道の向こうは闇であった。その闇の中からときどき妖しい放射光が差し、ライトが擦れ違って行く。

放射光に照らし出されるように、あの三冊の本が浮かび上がる。

そうだ、わたしは壮大な物語を書きたかったのだった。

きっと紀市もそうだったのに違いない。わたしは密かに、わたしひとりの世界を何一つこぼさず作品にしたいと思っていたのだ。エリオットよりも、ドストエーフスキイよりも、ブロンテよりも、とことん人間を解剖する、謎に満ちて、より深く、より遠くを視る、長大な小説を書くつもりだったのだ。

わたしの記憶、わたしの思い、わたしの望み、わたしの夢、わたしの論理、わたしの感受したもの、わたしの内の形の無いすべてをこの世にとどめておきたい、わたしはけしからぬ欲望の持ち主だ。

ああ、わたしは小説を書きたかったのだった。

わたしは恐れげもなく、あの三冊にも劣らない、たった一つのわたしが造る世界を、作品にしたかったのだった。わたしの存在が消えるのは一向にかまわないが、わたしの脳にあるもの、胸にあるもの、内にある形のないものすべてを、この世に陰のように焼きつけたかったのだ。

わたしは田村みねであり、河合一子であり、本田はつだった。坂井紀市もわたしであった。だから無理にも、わたしは彼らの命に食い下がり延命を願っているのかも知れない。

わたしはCDを入れた。

いきなりわたしを打ちすえるように爆発的な音が耳を圧した。ベートーヴェンの「悲愴」だった。それから「熱情」へと移っていく。

放熱を。放熱を。

わたしは闇に呟いた。

闇に目をこらしてハンドルを握る手に、涙がぽとりと落ちる。

傑作

どうも様子がおかしい。それにうるさくてしょうがないのだ。いつもチュンとも声を立てたことのない静かな白雲先生が、このところ奇妙な歌を唄いつづけている。奇妙な、ならまだいい。締め上げられている鶏のようなひきつった金切声を出すかと思えば、地獄の底でのた打ちまわっているような苦悶に満ちた唸り声を上げる。そのうちにどたばたと走りまわる音さえし始める。決まって夕方、一旦それが始まると数時間は休みなく延々とつづくのだ。

二軒長屋の安アパートの隣同士、そのうえ侘しい独り者同士だから遠慮の要らない仲なのだが、そこはそれ、それとなく互いに不可侵条約みたいなものを心得て平穏に暮らしてきた。それがこの突然変異だ。日ごとに物狂いの様相をなしてきて我慢も限界に近いが、一体どうしたことかと心配にもなるというものだ。

白雲先生は自称、小説家である。しかし原稿が売れたという話は聞いたことがない。どんな小説を書いているのかも知らない。年齢もよく分からないままだ。〈白雲〉とへんてこな文字で墨書した木片が玄関先に無造作に打ち付けてあるので勝手に白雲先生と呼んでいるが、本名も不明である。

よれよれの作務衣姿は紺絣がすっかり色あせて白髪によく似合っているが、見かけよりはずっと若いのかもしれない。夕方になると部屋いっぱいに書き散らした原稿用紙をかき集め、その上に太いモンブランの万年筆をぽんと置いて、錆びついた自転車に乗ってどこかへ出かけてゆく。膝の破れ目や裾からほつれた糸が垂れているジーパンにアノラック姿だ。けっこうかっこいい。今どきの若者スタイルを楽しんでいるのか、着古して本当に破れているのか、どちらにしてもその変身ぶりには驚かされている。

何をして食べているのか、不思議だ。余程の貯金があるのか、ひょっとしたら資産家の実家があって仕送りでもあるのだろうか。そうであっても、きっと勘当の身だ。先生を訪れるのは光熱費と新聞の集金人か見まわりの警察官ぐらいだし、書斎と称する彼の部屋には粗末な机とちょっとした本棚があるだけで、テレビも無いのだから。奥の台所にはさすがに小さな冷蔵庫はあるようだが。

私が彼を「先生」と呼ぶのは、その生活ぶりに憧れるところがあるからだ。よくぞこれだけ無欲に生きていられるものだと、隣の気配を感じるたびに我が身にひきくらべている。

私はといえば、大学出たての、一学年たった二クラスしかない小さな中学の国語教師だ。家を離れての身軽な独り暮らしは、此処にしか国語教師の空きが無かったからである。

けれども私だって野心がないわけではない。たまには小説らしきものを書いて、いつかは、なんて思わないこともないのだ。

狭い植え込みを通って玄関をそっと開けると、白雲先生はいつものように擦り切れて茶色にささくれだった畳に仰向けになり、頭の後ろに腕を組んで低い天井を睨んでいた。

私に気がつくと、やあ、と言って起き上がった。

「何か用事?」

「いえ、あのう、お加減でも悪いのではないかと。ちょっと心配で――」

「ははーん、偵察ですな」

「違いますす違います。お見舞いです」

「まあ、どっちでもいいですよ。実は僕も君にちょっと聞いておいてもらいたいことがあるんだ。いいところへ来てくれた」

なんと、白雲先生はそう言ったのだ。

男同士、白雲先生のために私に何か役に立つことがあるのだろうか。

このところの異様な騒がしい疑惑と迷惑がすっと遠のく。

「ここのところ毎日大変なご様子ですが、そのことですか」

「ふむ、そのことですがね」

と、先生の目が私の目を覗きこんで光った。

「実は、私は今、世紀の大実験をしようとしているんです。それを是非とも誰かに話しておきたくてね。いや話しておかなければならないんです」

「世紀の？　そんな重大なことを。わたしでいいんですか」

「いいんです。君を見込んでの話です」

先生の顔に血がのぼる。

「まずはお尋ねしよう。君は書店に行ったとき、何を考えますか」

ゆっくりと居住まいを正して背筋を伸ばし、心なしにやりと笑ったように見えた。

いきなり何のことだ。私は戸惑いながら、

「書店ですか。最近は大型書店ばかりですからねえ。入った途端に圧倒されますすね」

「そうでしょうそうでしょう。それで何を考えますか」

「何を、と言っても――。そうですね、こんなにおびただしい本を、一生のうちにどれだけ読むことが出来るだろうとか、考えられるありとあらゆる書物はもうすべてありそうで、これ以上書いたり本にしたりする必要があるのだろうかとか。――どんどん進んで発展する知識や、状況が常に変化する理数系や歴史の書物は、別ですが」

確かに日ごろそう考えることが多かったのだが、しどろもどろに答えた。

なんだか追い詰められるような厭な予感がする。

「君がそう言うと思いましたよ」

先生は急に元気になって嬉しそうに言った。

「だってそうじゃないですか。ほんとにそうなんだ。ことに小説なんぞは、ありとあらゆるシチュエイションがすでに出尽くしている」

「でも、シチュエイションはそうかもしれませんが、表現は作家次第ですよね」

私はあわてて修正を試みた。

「いずれにしてもこれから書かれる小説はすでに存在する作品の亜流を

免れない、というわけです。そう思いませんか」

「そうですね、そういうことかもしれません。余程の革新的な作品が出てこないかぎり――」

曖昧に応えるのへ、

「そこですそこです」

私を押さえ込むように先生の口調が改まる。

「その、余程の革新的な作品、今まで誰も書いたことのない、書くことが不可能だった文学的世界、題材があるとすれば、それは何かと考えに考えました」

もう私など眼中にないかのように両腕を上げて広げ、汚れたシミだらけの天井を仰ぎ、それからゆっくりと主演役者のごとく威厳のある眼差しを私に向けた。

「ありました。文学の有史以来どんな作家にも、つまり健常者である作家には、どんな天才作家であろうと不可能であった、狂人の内部世界を描くことです。それには狂った人間の精神世界を、その所有者である狂人自身が書いてこそ、その真実、真相が表出されるのです。それが実現したら、それこそ紛れもなく歴史的な大傑作となる、そう思いませんか田上君」

不意に名前を呼ばれて、私は首根っこを鷲掴みにされる猫のように体を縮めた。

先生はそれから大きな溜め息をつき、少し苦悶の表情を浮かべた。

「もちろん狂人の世界を描いた作品はいろいろありますよ。しかしそれはみな、あくまでも健常者が健常者の目で狂人を見て想像する『狂人』、『物狂い』の精神世界なんだ。

それを、どうだい？　狂人本人が書くとすれば――。それこそ本物の物狂いの世界を現出することが出来るというわけです。

ところで問題は、絵や音楽なら、狂人が思いのままイメージのままに色や音をぶつけてそのまま作品になることが出来るが、文学はそうはいかない。言葉が道具だからね。言葉をつなぎ合わせて出来上がっていくものなんだから、そのまま狂人の言葉をぶつけて、作品と言えるものに仕上がるかどうか、です。――それでね、君」

と先生は身を乗り出した。

私の鼻先にみるみる赤く染まった先生の顔が迫り、思わずのけぞった私に、歯をむき出した先生の熱い息が吹きかけられた。

「それでね、君」

と先生はもう一度言い、

「実験してみることにしたんですよ。僕は狂人にならなければならない」

「なんですって？　一体どういうことなんです？」

「そういうことなんです。僕は狂人になって、狂人の目で、言葉で、狂った心象世界を描ききろうときめたんですよ。世界で初めての実験です。大傑作誕生ですよ。だから狂おうと日夜努力しているんですが、なかなか――」

　そして切なそうに涙をぽとぽと僕の肩に落とした。

「それにね、もう一つ難問があるんです。大傑作誕生のあと、正常な人間にもどれるかどうかということです。もどることが出来なければ、その大傑作の評価を確かめられないわけですから」

「先生！　先生！」

「僕が狂気からもどれなかったときは君にその傑作をしっかり評価してもらいたいのです。そして出来れば世に出してもらいたいのです」

いつの間にか躰を震わせて泣きじゃくっている先生を抱きかかえて、私も涙で喉を詰まらせた。

「そんなにまで傑作を夢見ているんですね。先生は途轍もない欲張りです、欲張りです」

呟きながら何故か心に心地よい爽やかな風が吹き抜けるのを感じる。私は子どものように小指を先生の指にからませた。

それからというもの、白雲先生はもう自転車で外出をしなくなった。秋深くなる頃、洗濯もしなくなった作務衣は異様な臭気を放つようになった。

海原の高波のように、奥深い森林の殷々としたしわぶきのように、天国と地獄を往き来する悪魔のように、或いはまた荒れ狂う獣のように、夜となく昼となく私を襲う、奇怪な笑い声や叫び声、呻き声に、耳を塞ぐよりもじっと聞き耳を立てて過ごしていた私のところに、分厚い原稿を抱えて先生がやって来たのは、突然静寂極まりない平穏な日々が訪れて間もなくのことであった。

「大傑作完成！　ばんざーい、ばんざーい」

盛大にばらまかれた原稿が空に舞った。

それは見た目にも明らかに白紙の原稿であった。

先生の甲高い朗らかな叫び声に、私は思わず両手を上げて声を合わせた。

胎児

胎児

ハッ！ハッ！ハッ！ハッ！ハッ！

息が切れる。なのに走りつづけている。走っている。走っている。必死に走っている。

迫ってくる。振り向きもしないのに、どういうわけか見えている。太い黒縁のメガネに異様に肩の張った漆黒の背広を着て蝶ネクタイをした殺し屋だ。

長い腕を振りまわしながら追いかけてくる。一人だったのが二人になり、三人になり、そして四人になり五人になり、いつの間にか大群になっている。おびただしい大群が口々に何かを喚き立てているのだが、ぼくは闇のような無音の中を走っているのだ。

その恐ろしいこと、追ってくる殺し屋の大群が恐ろしいのか、無音の真空が恐ろしいのか、どこまで走っても殺し屋たちを振り切ることが出来ないのが恐ろしいのか、恐怖に突き動かされてぼくは叫び声を上げる。しかしその声もまた無音の中なのだ。

空中に聳える摩天楼のようなビルからビルへ、屋上を跳び移って逃げる。どこまでビルが続いているのか。ビルが途切れたらどうしよう。どうもこうもないではないか。その時は飛び降りるよりほかない。ともかく逃げられるだけ逃げよう。

どうして追われているのかさえ分からないで逃げている。いつから追われているのかも分からない。殺し屋たちが一体何者なのかも知らない。無音という音の真空がいっそう不気味な恐ろしさでぼくを追い詰める。

背中にまた殺し屋の手が伸びた。かろうじて今度も振り切ることが出来た。ぼくは次のビルがあることを祈りながら走る。走る。

ついにビルが途切れた。

絶体絶命だ。もう終わりだ。だが捕えられてなぶり殺しにされるよりは、あり得ない奇蹟という可能性に賭けて空中に跳躍しよう。

はるか向こうに雲を突き抜けてビルの屋上が列をなしているのを恨めしく目にしながら、むくむくと湧き上がる濃い霧の中へぼくは跳んだ。

いつもそこで目が覚める。

鳥か猫のように地上にふわりと降り立って、殺し屋たちから無事に逃げおおせることが出来るのか墜落して死んでしまうのかを知りたくて、夢の続きを見ることを願いながら毎晩眠るのだが、夢はいつもぼくが濃い霧の中へ跳んだところで醒めてしまうのだ。

「へええ、それで亨はどんな結末を望んでるの？」

亜由がからかう。

「どんな結末も望んでいないさ。ただ結末を知りたいだけだ」

「だって、毎晩毎晩、同じ夢を見るんでしょ。そして必ず飛び降りるところで目が覚めるんでしょ。それって深層心理に何かがあるのよ、きっと」

「そう言うと思った。だから話したくなかったんだ」

「心の中を覗かれるのが厭なんだ」

「全然。何もないんだから。明明白白さ」

「大丈夫？　そんな強がり言う人にほど、実は気づかずに自殺願望が潜んでいたりするのよ。見かけによらず亨は危なっかしいかも」

今度はちょっと真剣な顔で笑いかける。

「ないない。自殺願望なんて言葉はぼくの辞書にはないんだから」

「ほら、むきになった。やっぱりおかしいよ。いつも、ぼくには運がないとか言ってぼやいているじゃない」

「運は運さ。そのくらいの割り切りは出来ているよ。何が何でもぼくを自殺志願者にしたいんだね」

「はあい、死にたい人にはこれが一番」

言いながら亜由はぼくの胸にとび込んでくる。

ぼくに任せた亜由の柔らかい躰がしなる。撥ねる。窓から差し込む真昼の白光は亜由の白い肌を溶かし、亜由の透き通った切ない声を吸い上げる。

そして蔦のようにぼくの躰にからみついて亜由は暫く眠るのだ。

亜由が眠っている間、ぼくは身動きが出来ない。亜由の頭を乗せた腕が痺れてくる。それでもぼくはうとうとと眠るのだが、不思議なことに亜由と一緒の時は夢を見ない。

亜由は目覚めるといつも「ここでお昼寝するのが一番」と言って帰っ

ていく。

雑誌社に勤める彼女と画材店で働きながら画家を志しているぼくらは、いわゆる遠距離恋愛というやつだが、二人とも自分のしたい事に夢を懸けて、結婚という言葉を禁句にしたまま四十になろうとしている。今は夢は夢として考えるようになってしまっていたらくだが、亜由もぼくも決してそのことに触れない。相変わらず大望を抱いている振りをして生きている。いや現実に満足しているふりをして暮らしている。

亜由はこの先どうするつもりでいるのだろう。ぼくが結婚を口にするのを待っているのだろうか。

ケイタイが鳴った。おふくろからだ。

おふくろにはどういう訳かぬけぬけと大望を口にする。けれどもいつまでも泣かず飛ばずで独りでいるぼくを、期待が大きい分、歯がゆさも大抵ではないに違いないおふくろが、ぼくを傷つけまいと遠慮がちにおずおずと言う言葉はいつも決まっている。

「大丈夫？　体を大事にして下さいよ。何か要る物があったら送るから」

いっぱい言いたいことがあるんだろ、言えよ、言ってくれよ、とぼくは苛立って腹の中で毒づく。

毒づきながら密かに泣いているのかも知れない自分を嘲笑っている。亜由には決して見せない嘲笑だ。

ぼくは亜由とおふくろを並べて苦笑する。

またケイタイが鳴る。

今度は画材店からだった。日曜日なのにこの間から催促されているイベントポスターの図案をすぐに持って来いという。

店主の小林さんは人使いが荒いのだ。だけどどういうわけか、いや、小林さんは見る目があるのだ、ぼくの才能を高く買っていて、何かと面倒を見てくれる。イベントポスターの図案は国際的な商業イベントの募集によるもので、そのコンペティションに参加するように促してくれたのも彼だ。

イチかバチかやってみろと言われて、どうせ駄目だと思いながら何となく運に賭けてみる気になった。

画家の道から少しずつ逸れていく画業を、ぼくは意外にも厭だとは思っていないようだ。この状況を素直に受け入れるよりほかないからでもあるが、ひょっとするとその方に開ける運があるかも知れないなんて、性懲りもなく考えているらしい自分にあきれている。

とにかくオートバイを引っ張り出した。

もうすっかり中古品だが故障もせずよく走る。亨みたいだねと亜由は言う。ぼくもそんな気がしないでもない。

半分上げられているシャッターをくぐると、積み上げられた段ボール箱の奥から小林さんが顔を出した。

「こっちこっち」

と小声で手招きをする。

「あれ見て」

と言って、小林さんは天井の隅を指差した。

「へええ、鼠の穴じゃないですか」

「それがねえ、さっきは子連れで顔を出してたんだよ。チュウチュウ鳴いてさあ」

「あの、図案、持ってきたんですけど――」

「可愛いんだけどね、鼠はカンバスを齧るんだよ。ほっとくとどんどん増えるし。困るんだよね」

「ぼくに何とかしろということですか」

「してもらえたら有難いね」

「あの、図案は——」

「そうそう、その図案だけど、鼠のパフォーマンスと穴をとびきり幾何学的にキャリカチュアライズしたものなんかどうだろう。面白いよ、きっと。ちょっと急がなくちゃならないけど、もう一つ描いてみてよ。君を待つ間にチュウ公と出逢ってさ、ふっと浮かんだんだ。いい予感がするよ。やってみてよ。挑戦しなくちゃ、ね」

それはそれでいい出来なんだがね、預かっておくと言って、小林さんはぼくが抱えていた図案を受け取った。

世界人権週間と鼠か。いいかも知れないな。そんな漫画ティックなアイデアを遊び心でやすやすと思いついて、しかも屈託なくぼくに提供してくれる小林さんの無欲な人懐っこい笑顔が眩しい。いつものことながらぼくは小林さんに嫉妬する。

そういえばぼくは鼠年の生まれだった。鼠に運を賭けるのなら鼠退治なんてもってのほかだ。

コンペティションの結果発表までは鼠の駆除など出来ないなと考えながら、帰りのオートバイのスピードを上げた。

真っ向から夕陽が照りつける。

幾重にも層をなす茜雲をかき分けてぎらぎらと放たれる銀色の光芒に目が眩む。亜由の言う深層心理が炙り出されるようだ。そのせめぎ合いにジュウジュウと音を立てて炎を吹き上げる夕焼は、あっと言う間に黒煙を増し、一日の終わりを告げる鉛色の空に均されてしまった。

オートバイのスピードをどんどん上げる。

息が切れる。それでも走る。

必死に走っている。逃げなければならないのだ。追手はすでに群集となってぼくを捕えようとしている。

ビルからビルへ。よくもこれだけ運よくビルが続いているものだと怪しい感心をしながら、ぼくは助かりたくてイチかバチか跳び移りつづける。火事場の馬鹿力だ。

日裏に明るんでただよう白光は、ぼくの腕の中にいる亜由の肌に映える真昼の陽光か、それとも新しい図案を胸にオートバイを走らせるぼくを包んだ夕焼の光芒か。

いやもう一つの光景がある。

温かく煙る靄の奥から立ち現われてしだいに確かな容《かたち》をなしてきた白衣の人の記憶だ。

その人はぼくを抱き上げて「わたしがお母さんよ」と言った。ああ、この人がぼくのお母さんなのだと、ぼくは思ったのだった。ぼくはその時、生まれたばかりで産湯に浸《つ》かっていたのだ。

とうとう殺し屋たちがぼくに追いついた。彼らの手がぼくの肩にかかろうとしている。もう跳び移るビルがない。

ぼくは観念して飛び降りた。

生きていた。

恐る恐る目を開けるとおふくろの胎内にいた。

おふくろはぼくが生まれるのを今か今かと待っているところだった。

オセロ

まずは中央の四つの桝目に白二個と黒二個の駒を斜交《はすか》いに音高く置くと、H先生は亨の顔を見た。

「どっちにする？　白か、黒か」

「白」

言いつつ、亨はにやりとした。

思いのほかに挑戦的な目だ。

早くも、白い駒を斜めの方向へ進めようか、直線の方向へ行こうかと、盤上を吸いつくように見つめている。

「なんだ、真剣勝負をする気か」

「まあな」

「お前でもそんな気ィになることがあるんやな」

「まあな」

「へええ、驚いた」

「どうせやるなら勝負せな面白くないやろ。まあオセロは単純なゲームやけど、けっこう奥が深いんだぜ。舐めたらあかんぜよ」

そうだ、舐めとった、オセロばかりでなく亨をも見くびっていたと、H先生は首をすくめた。

確かにオセロは単純至極な陣取り合戦だ。だが、だからこそ単純なミスからたちまちあっと言う間に領土を敵に乗っ取られる。盤上はあっさりと白と黒の早変わりだ。

「父さん、先手でどうぞ」

余裕たっぷりに亨が言った。

大体において先手を取った方がオセロは有利なのだと思っているH先生は、多少の屈辱感を覚えながら、ここは素直に息子に従うことにする。

黒の駒を親指と人差し指でゆっくりつまんでそっと白駒を斜線状に挟み取った。

「隅を狙ってゆく気やな。なら吾輩は直線をいこ」

亭は細く長い人差し指と中指をしならせて撫でるように白駒を採り上げると、耳を切る小気味よい音を立てて振り下ろす。

H先生がせっかく黒色に染めた領地はたちまち白一色になってゆく。いつの間にこんなに思慮深く先を読むようになったのだろうと、ちょっぴり悔しさをにじませながら、H先生は思わず高校生になったばかりの息子の顔を窺う。

盤上を見つめて唸っている俯いた顔の細い鼻筋が芙美子にそっくりだ。

「そう言えば母さんはオセロ強かったな。どういう訳か父さんほとんど勝てたことなかったもんなあ」

「なんだ、母さんと父さん、オセロやってたの？　そんなとこ見たことなかったがな」

「いや、結婚する前のことさ」

「ふーん。父さん、ようやく母さんのこと口にしたね。もう大丈夫なんやな」

「心配してくれてたんか」

「当然やろ。知らん振りするのも疲れるね。子の心、親知らずだよ。ま、僕が付いてるからさ、どうぞご安心を」

「何を小癪な。まだまだ息子にいたわられるなんぞ真っ平ご免だね」

Ｈ先生は黒の駒をピシッと、長く連なる白駒の先に置いた。たちまち黒が勢威を張る。

「そう来ましたか。折角やさしいことを言ってやってるのに、恩を仇で返すとは」

亭は白駒を摘まんだまま両手に顎を乗せ天井を見上げた。

「もう一年か。早いな」

「早いね」

鸚鵡返しに言いながら亭は、素早く白駒をH先生がまったく気づかなかった黒駒の長い列の先へ置く。

クーデターだ。あっと言う間に白が凱歌を挙げようとしている。

「いさぎよく降参ですか」

「なんの、なんの。まだ生き延びることが出来そうだね。突破口が二か所もある」

H先生はにやりとした。

しかしよく見るとハタと考えあぐねた。

どちらを採るにしても我が黒にひっくり返す白の数は同じだった。二手の周辺を眺めると、敵方の白に利するリスクは同様に双方にある。どちらの白の列を棄て、獲得するか。

迷っているH先生の耳にいつものように芙美子が囁いてくる。

——そりゃね、可愛いったらないの。黒々とした今にも飛び出しそうな丸い目が水っぽく光っていてね、顔を覆いそうな黄金色の長い毛並の奥から、きょとんとわたしを見つめてくるのよ。なんていうか、玩具みたいな。ポメラニアンの仔犬なんだけど。

ララという名前のその仔犬を懐に入れんばかりにして、頬ずりしながら抱いて来た好江の様子を、芙美子はその後も性懲りもなくたびたび語っては、自分も飼い主の一人であるかのように嬉しそうだった。

同郷の好江を妹として頼りにもし応援もしていた芙美子を好江も姉と

慕っていた二人の間柄を、H先生は羨ましくも安心して見ていたのだ。

それがどうだ！　H先生は唸る。

「どうしたの？　やっぱりもう降参ですか」

亭がH先生の顔を覗いてくる。

「いやいや、ちょっとな――」

「いいですよいいですよ、いくらでも長考してください」

腕組みをしてふんぞり返る亭と一緒にH先生は笑った。

――ララの背中を撫ぜながら好江さん、言ったの。この仔、また手術するのよ、って。

――ふーん、よく手術するんだね。

――今度は右の前足だそうよ。どうしたのかしらね、骨が折れているんだって。よく折れる仔ね。四回目よ。

——この前はどこだったたっけ。腰とか言ってたよな。

——腰だとか背骨だとかね。こんなに骨が脆いんじゃ短命だろうって、獣医さんが。でもね、美人薄命なのよって、好江さん、何だかとっても誇らしげなのよ。

——ま、彼女ならそういうとこかな。それならそれで余計な心配は要らないさ。

H先生は好江の小柄な細い躰と小さな顔を思い浮かべながら、美人薄命とは自分のことを言っているのだろうと思った。

——でもね、出来る限り手を尽くして長生きさせるんだって。

——手術代、バカにならないだろう？

——そうよ。これでかれこれ百五十万になるわって、好江さん、大変だ大変だって言いながら、けろっとしてるのよ。

――百五十万かあ。ペットの手術になあ。

――そうでしょ、そう思っちゃうでしょ。わたしもそう思っちゃったの。

いきなり芙美子の顔が歪んだ。

その目にみるみる涙が膨れ上がった。

――だからわたし、つい言っちゃったの。そのお金、人のために使うわけにいかない？　飢えに苦しんでいるアフリカの子供たちや、戦争や災害で追われた難民の人たちに、少しでも、って。ララちゃんには注射一本でラクになってもらって、って。

――それで好江さん、怒ったんだ。

H先生は妻の涙の意外な理由に、思わず芙美子の顔を窺った。

芙美子はつづけて、

——そしたら好江さん、今まで見たこともない恐ろしい顔をしてわたしを睨みつけたの、ララちゃんはわたしの子どもなのよ、家族なのよ、って。

そうだろう、そうだろう、好江の答えはそれしかないさと思いながら、H先生は苦笑した。H先生ももしかしたら芙美子と同じことを言ったかもしれないからだ。

あの頃、芙美子は新聞を広げるといつも同じことを呟き、H先生に同意を求めた。

——どうにかならないのかしらね。わたしたちには何にも出来ないわね。人間って何て愚かなのかしら。それに、あちらを立てればこちらが立たず。まるでオセロね。

——そうだよ、本当は単純な根っこなのだが枝葉を伸ばし始めると複雑極まるのが、人間という代物なんだね。そしてどんどん愚かになっていく。まさに愚者の楽園でしかないんだよ、この地球上は。

自分もいつも同じことを言っていたと、H先生は苦笑する。

うーむ、ところでどちらの白の列を採ろうか。

直線の列と斜めの列と、黒に返せる数は同じだ。だがその後の状況を考えると、どちらをわが領土にするのが得か。その後の役に立つか、だ。

人間のために大海に小石を投ずるごとき儚い寄進をするのと、いま目の前に在る愛しい仔犬の命を救うのと、百五十万円を人はどちらに使うのを是とするか。

H先生は、芙美子が密かにいろいろな寄付金の求めに応じて、僅かではあるが千円二千円という振込みをしていたことを知っていた。

——それでどうしたの？　好江さんから絶交を言い渡されたとか？

芙美子は首を振った。

——それがね、しばらく険しい顔をして黙り込んでいたんだけど、急に顔を挙げて笑いながら言ったの。ララちゃんに頬ずりしながらね、この仔が仔を産んだら上げるね、全部、って。

——ふーん、ララは雌だったんか。

——今ごろ何言ってるの。ロロじゃないんだから。ララなんだから。あなたはいつもそうやって、わたしの話をはぐらかすのね。

——貰うのか。犬って五匹も六匹も仔を産むんだろ？　困るぞ。一匹を飼うにしても、家を留守に出来なくなるぞ。それに散歩にも連れて行かなくちゃならないし。

——わたし、悪いこと言っちゃったんだもの。好江さんを傷つけてしまったんだもの。貰うっきりしょうがないわ。

好江に劣らずララを可愛がっていた芙美子にしては何だか捨て鉢な返事だったなと、H先生は思い出している。

「そろそろどうですか。打つ手あり過ぎるのも困ったもんですねえ」

余裕たっぷりに亭が急かしてくる。

「どの手を打っても、たちまち亭にひっくり返されてしまうもんな。お手上げや」

「それが分かるんなら大したものですな」

ノンシャランの亭にしてやられそうだ。

H先生は何を！　と胡坐を正座に変え、戦闘態勢になった。

しかし芙美子の面影がいよいよ確かな感覚となって、盤上に影を落としてくる。

一瞬の一指しで運命が決する、か。

思わず呟きながらH先生は、さあどうだと言わんばかりにぴしっと鞭打つような快音を響かせて黒駒を置くと、対角線上の白駒をゆっくりと六つ挟み取った。

ありがとう。ありがとう。間髪を容れず亨の勝ち誇った声が降ってきた。

「父さんは上の空やからな。この一齣で四方八方いかれてしまうリスクがお見えにならなかったようで――」

アレキサンダー大王か、チンギスハーンか。盛大な侵略であった。たちまち盤上は白い草原に輝いている。

「大丈夫か、父さん」

ふと亨が調子を変えた。

大丈夫なもんか。H先生は自分に毒づいた。

ララは仔を産む前に手術から一年も経たないうちに死んだのだが、好江は知らせてこなかった。あれ以来も好江と芙美子の親交は細々とつづいていたのだが、ララの死をもって途絶えたのだった。

芙美子が体の異変を訴えるようになったのはその頃からだったと、ほぞを噛む思いで、H先生の手はまたしても止まる。

「なあ、亨。母さんは知っていたんだろうか、もう救いようのない癌だったってこと——」

「知ってたよ」

「亨が話したんか」

「話さないよ、父さんと約束したからね。だけど、母さんは分かってた。僕は母さんにも言われたんや、母さんが知ってること、お父さんには言わないでね、って。僕は板挟みさ。だけど何で今ごろそんなこと訊くの。

一年も経ってさ」

「何で一年半も黙ってたんだ」

「何でだろ。僕が両親思いの孝行息子だったたってことですかね」

亨がニタりと笑う。

「強情な奴だな、お前は」

今日、病院に行ってきたわ、と世間話でもするように呟いた妻を、え？　どこか具合がわるかったの？　と聞き流してしまったH先生が、奥様には内密でと病院から呼び出しを受けたのは、その三日後のことだった。

「もう手の施しようがない状況です。家族には言わないで下さいと奥様がおっしゃるものですから思案しましたが、やはりお伝えしないわけには。今後の治療方針などもご相談させていただかなければなりませんし」

医師の言葉を半分も聞かないうちに、H先生の膝はがくがくと音を立てた。

お願いします、妻が苦しまないように——、というのがやっとであった。

あれから僕ら三人は騙し合い化かし合いだったんだなと、H先生は息子の顔をつくづくと眺める。

一体誰に似たのだろう、よくもまあ一年半も顔色ひとつ変えず、陽気な呑気坊主を演じてきたものだ。此奴はひょっとしたら大物なのかも。

「何にやにやしてるの。もうそろそろ時間切れとなりますが」

亭が言った。

「芙美子はよく言ってたよな。好江さんどうしているかしら、ララのあと、またワンちゃん飼って可愛がっているのかしら、ってね。好江さんに言った『注射一本』の件がよほど胸につかえていたんだな」

「でも好江さんを追わなかったよ。母さんにしては天晴れだ」

「へぇえ、亭はそう思うのか」

「だって答えの出ない問題には兜を脱ぐか、放っておくしかないじゃないか。それとも素直にハイハイと相手に合わせるか、だね。でもゲームである以上、必ず一手を打たなければ敗北しかないよね。人生も同じだね」

H先生は吹き出した。

「亭はいつからそんなに訳知りの大人になったんだ」

「はいはい、いつまでもメソメソしている父親を持つと息子は大変なんですよ。見るに忍びず、いやでも大人になりますがな」

オセロ

もう十六歳の息子に敵わなくなっている。
自分が先に死んでいたら、亨は芙美子とも同じ調子でオセロを囲み、
小気味よい音をひびかせて駒を打っていただろうか。
妻が此処に居るような気がする。
芙美子は真昼の白い陽光に攫われるように静かに逝った。
「亨はわたし。あなたもわたし。だから怖くないわ」
H先生は黒駒を摘まみ勢いよく振り上げた。
盤上に黒々と光る大地が広がった。

よんきゅうろく

Ｓデパートの地下駐車場へは右回りの螺旋状に幾重にも角《かど》を曲がって降りてゆかなければならない。曲がり角はほとんど鋭角をなしていて、どの角も両サイド擦り傷だらけだ。それを見ながらの車の操作は気持ちのいいものではない。おまけにようやく降りきった広いホールにこれでもかと詰め込むように車体幅ぎりぎりに区切られた駐車スペースは客泣かせだ。ここを経営する市の都市整備公社のあざとい欲とケチくささが目に見えるようで、そこはかとなく厭な気分がつきまとう。

それでも客たちは子羊のように従順だ。粛々と車を地下へもぐりこませ警備員の先導にしたがう。咲もその一人だ。

もう日が落ちかかっていた。少し前を行く二台の白い車が駐車場の入口に吸い込まれるのに誘われるように、思わず予定を変えた。

やはり昨夜遅くまでかかって仕上げた三十組の折り紙の人形付き箸袋

を五階の雑貨売り場へ納めて帰ることにしたのである。保育所に預けている岳を迎えに行く時間が迫っていたので真っ直ぐ帰るつもりでいたのだが。

何度目かの角を曲がると、ゆるいスロープの向こうの曲がり角に、壁際に添って何かが落ちているのが見えた。大きな布かズダ袋のようだ。車だけが通る一方通行の狭い通路である。徐行しかないこんな処で車から物を落とすはずがなかった。差し迫る壁には無数の擦り傷はあるがゴミ一つ落ちていることもなかったのにと、咄嗟にめぐった訝しい思いは、たまにはこんなこともあるのだなと瞬時にかき消えた。

角を曲がるときには車は大回りをする。ましてそこに何かがあればいっそう出来るかぎり大回りをする。咲はハンドルを左に切り、それから右へもどした。

そしてやはり気になっていたのだろう、ふと目がバックミラーを覗いていた。

その目が捉えたのは、布かズダ袋かと見えた物が、どうやらとんでもない物のようだということであった。背広の肩だ！　袖だ！　すると、人だ！　人が倒れている！　一気に事態を呑みこんだ。頭の芯がキーンと音を立て、その衝撃に命じられるかのように心臓が一瞬止まった。同時に咲の足はブレーキを踏んでいた。

生きているのか、死んでいるのか、生きているなら、とにかく助けなければ。死んでいるとしても何とかしなければ。咄嗟に人一人の命に操られて、車を降り駆け寄った。

確かに人であった。灰色の背広を被って頭がうずもれているので、歳のほどは分からないが、大人の男が俯せに倒れているのだとは一目で見てとれる。

傍らに白い大封筒が落ちている。茶表紙のメモ帳やメガネが散らばっている。

死んでる！　声にならない叫び声を上げた。

しかし不思議であった。此処は人が車に撥ねられる処ではない。第一、人が歩くはずもない処なのだ。しかも頭は上りの出口に向かい角の壁に添って倒れている。車はひたすら駐車場へと下るだけであるから、それでも此処を何らかの理由で人が歩いていたとして、轢かれるとすれば、または撥ねられるとすれば、どちらを向いて歩いていたとしても下りの方向を向いて倒れていなければおかしいではないか。それに上から掛けられたような背広はどういうことだろう。

とりあえず駐車場の警備員に知らせなければならなかった。しかし警備員のいる駐車場までは、まだ九十九折の車道を数回曲がって降らなければならない。大声で叫んでも声が届くとは思えない。大声で叫ぶ自分の声にいっそう脅かされる不気味さにも怯えた。百貨店の閉店の時刻も迫っている。入庫する車は少なく、援けを呼ぼうにも、咲につづく車はまだやって来ない。

訳の分からない死体と共にひとり地底深く取り残されたような、恐ろしい孤独感が咲をつつんだ。

そうだ、一一〇番だ。当然の番号を思いつくとほっとした。

すると突然、今度は闇の中に放り込まれているような恐怖が咲を襲った。ふと、いま自分の遭遇している状況が自分にとってどんなに危うい事態であるかに思い至ったのである。この時この場に車とともにいるのは咲だけなのだった。

この死体を咲が轢いたのではない、または何かしたのでもないことを、証明してくれる人もいなければ手立てもないのだ。死亡時間が咲が犯人ではないことを証明してくれると推理小説もどきに考えてみたが、それも咲がここを通りかかるほんの直前の出来事だったとしたら。

だがその思案は一瞬だった。咲は車に駆け寄りバッグからケイタイを取り出すと、死体の傍らに戻った。なぜか死体の傍にいてやらなければならないような気がした。

一、一、〇、とケイタイの数字を押そうとした時である。死体の頭が動いた。ゆっくりともたげられ、さらにゆっくりとねじられて、やがて老人の小さな顔が咲の方に向けられた。わずかにうつろな目があいた。

生きてる！　悲鳴に近い安堵が咲の体を駆けめぐった。

赤黒い血が眉の上の額に固まり、わずかに垂れている。見ると投げ出された片方の足首にも一筋、傷は見当たらないが刷いたような血が鈍い光を放っていた。左足であった。すると事件が起きてからすでにしばらくの時間は経っているのだ。

死体であった老人のうつろな視線は、さまよいながらどうやら咲の視線を捉えようとしている。

咲ははじけたように言った。

「どうなさったんですか」

「転んだ」

掠れて口中にかき消えたが確かな答えが返ってきた。どうしてこんなところで、というのは後のことだった。

「救急車を呼びますね」

「パーキンソン病やから――」

いきなり老人は呟いた。

「パーキンソン病？」

「パーキンソン病や」

ああそれなら転んだというのは分かる。いやいや、分からない。

「病院へ行く」

また老人はいきなり言った。

「病院って、どこの病院ですか」

「ここから北の……」

「ああ、医療センターですね。じゃあ、救急車に医療センターへ連れて行ってもらうように頼みますから」

ここから北の、と言うからにはもう老人の意識はかなり回復しているようだ。

驚愕のあまり大事に考えすぎていたのかと一気に気持ちのほぐれるのを感じながら、あとは救急車に任せるだけだと、咲はようやく保育所で待っている岳を思い出した。

保母の武井さんにはいつも謝ってばかりいる。大抵は笑っている武井さんだが、その丸い目がときどき重たく暗い光を放って咲をじっと見つめてくる。箸袋の納入は明日のことにしよう。とにかく一、一、九、だ。

しかし咲がケイタイを持ち直す間もなく、老人が言った。

「車のところへ連れてってくれ」

「車？　車をここに置いていらっしゃるんですか」

「連れてってくれ」

「怪我してらっしゃいますよ、歩けないでしょ。それに運転なんて」

「してみる。連れてってくれ」

弱弱しいうちにも居丈高に聞こえた。

上司が部下にでも言いつけるような物言いである。そういえば老人を覆っている背広はかなり上等な生地のようだ。そうだ、家族か誰かにも連絡しなければ。

「お家に連絡します。電話番号、教えてください」

だが老人は答えず、執拗に車のところへ連れてゆくよう要求する。

それはそれで、怪我の程度は軽いのだろうと、咲には安心材料に思えた。そうであれば一刻も早くこの死体であった老人から解放されたかった。

「じゃあとりあえずわたしの車に乗ってくださいね」

咲は言い、靴を拾って老人の右足に履かせた。その右足の甲にはまだ生々しい血が一筋光っている。

散らばっている物を拾い集め、背広も車に載せた。そして老人を抱き起こしたが、

「一体これはどうされたんですか」

目を疑った。

怪我をしているらしい左足の、ズボンの膝の裏側が、まるで抉り取られたかのようにぽっかりと大きな穴になっている。

しかし老人には咲が何を尋ねているのかわからないようであった。また一つ不可解な謎が加わり、不気味な不安が胸の底に沈む。

老人は、立つには立ったが咲の支えなしには歩くことが出来なかった。

車が二台通り過ぎた。手を上げて停めようとする咲と咲に抱えられて引きずられている老人の異様をしばし窺うと、彼らは目線をもどし、何も見なかったかのように心なし速度を上げて走り去った。

彼らはきっと咲が老人を轢いたのだと思ったに違いない。かかわりたくないのだ。腕の中で老人の重さがいっそう増した。

何とか老人を後部座席に押し込むと、咲は、一刻も早くガイドたちが多勢いる駐車場に入り、いきさつを話して、彼らに老人を託そうと考えていた。しかし老人は入庫のナンバーカードを失っていた。老人が自分の車を見つけるまで、咲の車を入庫へ導こうとする警備員を振り切って、ジグソーパズルをたどるようにしばらく走りまわらなければならなかった。

これだ、と老人がハイルーヴの小型車を指差した。確かな声になっていた。

咲は振り向いて老人の顔を見た。この時になって初めてまともに見るその顔は、こぢんまりとひしぼって、鼻梁だけが他を圧して威容を誇っていた。小さな顔にひとしく体も小さい老人は、いっそう縮んでひっそりと座席におさまっている。

もう自分の車を判別できるのだ。いっとき気を失っていただけで、すでに正気は戻っているようだ。怪我も大したことはなさそうだ。訳の分からない事態であったが、これで老人が無事、自分で車を運転して病院へ行ってくれれば、謎だらけではあるが、事実は本当に老人は転んでいたのであって、その老人を咲が助けたというだけのことであったと、考えてもいいのかも知れない。そうであればすべてよしだ。咲は自分の行為に満足した。

しかし何故か、早く此処を出なければと、漠然とした不安が胸の底に張りついている。その不安は、岳のために早くこの老人から解放されたい焦燥と重なってはいたが、しだいに増幅し、息苦しく咲を脅かしはじめている。

武井さんの丸い目がさらに大きくなって迫っていた。武井さんにこのいきさつを息をも継がず話しながら、岳の迎えが遅くなった詫びを繰り返している自分の姿を思い、ふと予定を変えて此処へ来てしまったことを悔いた。

咲は近づいてきた二人のガイドにいきさつを説明した。

彼らは怪訝な表情のまま、それは咲にも向けられた表情であったが、老人の言うままに肩を貸し老人の車へ連れて行こうと試みた。けれども老人の足首は無惨にも地面につけるとぐにゃりと向きを変えた。

「駄目だ。無理や。運転なんか出来へんで」

「いや、運転席に乗せてくれ。やってみる」

老人は言い張った。

だが警備員たちは取り合わず、さっさとどこからか椅子を持ってきて老人を座らせた。

座ってしまうと、老人は背筋を伸ばし、穏やかな表情になり、ふわりと笑顔を浮かべた。

「救急車を呼んであげてください」

「ああ、そうやな、救急車や。そやけどこの人の家には連絡したんかいな」

「いえ、それが。お独りのようなんです、いくら尋ねても何も仰いませんから」

いま社会的な問題になっている独り暮らしの老人なのだろうと、咲は思いこんでいる。しかし死体であった老人に振りまわされて、肝心なことは何一つ分かっていないのだった。

「弟に連絡してくれ」

突然、老人が言った。

「え？　身内の方がいらっしゃったんですか」

「この北の方にいる」

また北の方か。病院も北であった。

三々五々集まってきたガイドたちは、老人を呆けていると見ているようだ。

しかし老人の記憶は確かであった。言う通りに数字を押すと、ケイタイはちゃんと弟に通じたのである。

間もなく弟がやって来た。

兄とは似ても似つかぬ顎の張った胸の分厚い大柄な男は、咲にも警備員たちにも目もくれず、兄の前に立った。

「どないしたん」

よく響く声だ。

兄を心配して駆けつけた気持ちがにじんでいる。兄も弟も悪い人ではなさそうだと、咲はわけもなく安心する。

その時であった。

「轢かれた……」

小柄な兄が大柄な弟に甘えるように答えた。

え？　轢かれた？　転んだのではないの？

警備員たちの目が戸惑ったように一斉に咲に注がれた。

呆けとるんやろ。彼らは肩を寄せ合ってささやき、事件となれば駐車場としても処遇がややこしくなるだろうこの老人を迷惑そうに眺めた。

脚や、歩けないんや、という兄の訴えに、弟はしゃがみこんで靴下を脱がせ、足首に凝固《かたま》って張りつきすでに黒く変色している血を、自分のズボンのポケットから取り出したハンケチで拭ってやっている。

いい光景だ。咲はわけもなくほっとして二人の年老いた兄弟を眺めた。

その時であった。咲は弟に任せながら、目の前にある咲の車へ空ろな目をやっていた老人が、突然、指差して言った。

「この車に轢かれた」

か細い声であった。

しかしその幻覚のような一言は咲の耳を雷鳴のごとく襲った。耳ばかりでなく全身を、稲妻のごとく貫いた。

「いま何て言われました?」

「この車に轢かれた」

老人は無表情のまま、ふたたび言った。

「転んだんじゃないんですか。転んだって仰いましたよねえ」

咲自身、転んだだけとするには疑問があると思っている。轢き逃げをされたというのにも謎が多すぎる。死体であった老人の状況が奇妙な矛盾だらけなのだ。

訳の分からないままに、とんでもない事態に遭遇してしまった不運を嘆きながら、その不安のうちに老人の言うがままに従ってきたのだ。ひたすら老人を介抱し助けるために。幼い岳を放って。武井さんの物言わぬ厳しい目を恐れながら。

咲の胸に煙のように渦巻いて消えなかった不気味な不安の正体がようやく正体を現したのだ。

「警察を呼んでください」

叫ぶように言った。悲鳴であった。

「わたしは助けたのです。わたしが通りかかったとき、この人は倒れて気を失っていたんです。意識を取りもどされたとき、『転んだ』って仰ったんですよ。それからパーキンソン病や、って。病院へ行く、って」

そして思いつくかぎりの思案をガイドたちにたたみかけた。

「防犯カメラは付いているんですよねえ。何か分かるかも」

「それが付いてないいんや」

「入庫の券を調べるというのは？」

「券では分からへん。券には時間と料金しか記入されへんからね」

警備員たちは気の毒そうに咲に応える。

老人の方にも咲の方にも気持ちを傾けてはいけない立場を心得て、どうしたものかと困惑している彼らも、この迷惑きわまりない事件に巻き込まれている。

弟が立ち上がった。

「兄は、これでももとは全国規模の大会社の支社長だったんですわ。もちろん定年退職してから大分になるんやけどね」

呆じているのではないかというガイドたちのささやきが耳に入ったのだろう。それへの答えであった。

「パーキンソン病というのもね、ごく軽いもので」

「お独りで暮らしていらっしゃるんですよね」

「いや、夫婦二人暮らしですわ。息子二人は結婚して遠くに住んでるさかいね」

「どうしてかしら。わたしがいくら言っても、お家に連絡しようとなさらなかったんですよ」

「ああ、今朝出かけるのを義姉さんが反対したんか止めたんかしたんで喧嘩んなって、飛び出したらしいんですわ。それで意地を張って、連絡しにくかったん違いますか。電話もろうて義姉さんにすぐ電話したんやけど、えろう怒ってて。まあ、どこの家にもいろいろありますわな」

なーんだ、夫婦喧嘩のとばっちりにわたしの気まぐれの予定変更がばっちり出遭ってしまったということかと、咲は内心、笑いかけた。

しかし弟はいかつい風貌に似あわず穏やかな口調で丁寧に話すが、どれも兄を庇うことにつながっていく。

兄が決して呆じてなどいないことを、だから言うことに間違いなどないことを、兄が轢かれたと言うなら轢かれたのだと、そして、この車やと言うならこの車に轢かれたのに違いないのだと、暗に強引に主張している。

わたしは犯人に仕立て上げられようとしている、悪意の闇の支配人に謀られてついにブラックホールへと導かれたのだと、絶望的な恐怖が足もとから這い上がってきた。咲は、三六〇度に糸を張りめぐらせてその要で獲物を待ち構える蜘蛛の毒牙に捕えられたのだ。

もう岳どころではなかった。武井さんに任せるほかない。すべては明日のことだ。

一方で警察が来て調べれば、咲と咲の車など埒外なことがすぐに判明するだろうと、呑気な期待がかすかにあった。しかしそれは、警察の捜査で解らなければ、或いは警察の捜査が誤れば、咲が犯人にされてしまうことでもあった。そうなれば真相が解明されないかぎり、或いは真犯人が突きとめられないかぎり、今後の人生を咲は容疑者として生きなければならないに違いないのだ。

まったく何ということだ。わたしは思わずちょっとした親切をしただけなのに。しだいに怪しい形を成してくる絶望への不安が憤りとなって咲に沈黙を強いる。

独りだった。助けて。助けて。

咲は知らずケイタイの蓋をあけていた。

妖しい発光に慰められるように数字を叩いた。

「咲か」

三年ぶりに聴く声だ。

「わたしの声、覚えてたんだ……」

「覚えてるさ。当りまえだろ」

「ケイタイも、番号変わってないんだ」

「うん……」

「……」

「どうしたの？　君から電話をくれるなんて、何かあったんだ。岳か。怪我でもしたんか」

「……」

「どうしたの」

「……」

「行くよ。すぐ行く。いま何処にいるの」

「Sデパートの駐車場。悔しいけどやっぱり電話しちゃった。とても独りではいられないの。もうすぐ警察がやって来るの」

とうとう健斗を呼んでしまった。

今日だけだ。今日だけはわたしに尽くしてくれてもいいだろう。尚美も、あれからそっちに生まれた赤ん坊もだと、咲はふと甘い気持ちで胸底で悪たれをついた。

今だって健斗と尚美を許してなんかいない。

岳が生まれて間もなく、尚美が妊娠しているという噂を聞いた。しかも父親は健斗だというのだ。咲の妊娠中、仕事帰りにずっと立ち寄ってくれていた親友と夫の二重の裏切りに立ちすくんだ咲は、岳の養育費も拒否して彼らを生涯許さないと決意することでしか、失った自信を生きてゆく強さに変えることが出来なかった。

事情を聴くと健斗は突然明るい声で言った。

「車、変えていないんやろ。ナンバー、言ってみろよ」

「〇四九六」

「ヨン、キュウ、ロク、だろ。ほら、それ、何の数字だったたっけ。何でそのナンバー選んだんだっけ。二人でさ」

「……」

「忘れちゃったんだ。しょうがないなあ。完全素数なんだよ。数学の上で最も美しい完璧な数字なんだってさ。神の数式だって、君がどっかで知って言ったんだぜ。それにしようって選んで、ほくほくしてたのは君なんだぜ」

「そんなの、覚えてるわけないじゃない。健斗と一緒だったときのことなんか、みんな忘れちゃったわよ」

「ああ。いいよいいよ、ごめん、それでいいさ。でもさあ、だから大丈夫だよ、きっと」

とにかくすぐ行く、と言って切られたケイタイの画面を見つめ、何言ってるのよと咲は毒づいた。

刑事が二人やって来た。

彼らは警備員たちに挨拶をし、老人兄弟の言い分を聞くと老人の額と足首を調べた。そして、辻褄の合わないことばかりでわたしにも何が何だか分からないんです、わたしに分かっているのは偶然そこを通りかかり助けてあげたのだということだけです、という咲の訴えを最後まで黙って聞くと、肩に下げている黒い鞄から書類を取り出し、記入を始めた。

老人兄弟や咲たちにとっては信じがたい驚愕の事件なのだが、彼らにとってはありきたりな日常の仕事でしかないのだ。咲は、自分とそれほど変わらない年齢に見える二人の刑事が、ほとんど表情を動かさず話を聞き平然とペンを走らせるのを、いっそう絶望的な思いで眺める。

「ここへ署名してくれますか」

下敷きに載せたままの書面を手放さず、咲の胸元へ刑事が差し出した。いきなり〈被疑者・小牧咲〉という文字が目の前にあった。

「書式が決まっているんです。事件の用語ですから」

咲の目線を捉えた刑事が慇懃に言う。

「わたしが轢いたんじゃないことは、さっき認めてくださったんでしょう？　それなのにどうして被疑者なんですか」

「いや、被害者がそう言っている以上、当職としてはこういう書面を作らざるを得ないんです。それに倒れていたこの人の脚をあなたの車が轢いた可能性もあるかも知れんのです」

「わたしは大回りをして角を曲がったんですよ。あそこだけは角の幅が広いんですよ。倒れていたこの人の脚がどうしてわたしの車のタイヤまでとどくんです？　それに、何かを轢いたのなら衝撃があるはずじゃありませんか、何もなかったんですよ。無茶なこと、言わないでください」

健斗、早く来て。助けて。

「ちょっと見せてください」

「何を見るんですか」

「何が書いてあるのか見たいんです。その上でなかったら署名なんか出来るわけがないでしょう」

健斗、早く来て。早く来て。助けて。

検査官が三人やって来た。

すでに入庫は締め切られ、警備員たちはあちこちに三々五々立ちつくしていた。疲れた表情で成り行きを眺めている。

三つのライトが咲の車を撫でまわし、車の下に仰向けにもぐりこんだ検査官とタイヤを入念に調べている監査官のひそひそと交わす声がしばらく続いた。

目の前で行われている異様な光景を空しく眺めていると、もしかしたら老人を轢いたのは本当は自分だったのかも知れないと、ふととりとめない幻想に囚われそうになる。

それにしても老人の不可解極まる行動の軌跡に、咲のふとした予定変更の行動が吸い寄せられるように合致してしまったのは、咲にとっては呪うべき不運であったが、老人にとっては奇跡の幸運だったはずだ。

ふん、何がヨンキュウロクよ。

湧き出てくる不安と恐怖は呪文のように健斗を呼び続ける。健斗、助けて。助けて。

車の下から検査官が出てきた。

「どうも違うようですね。痕跡がありません。タイヤにもないようです。強いて言えば、底のクラッチ管に、まあわずかですが払拭痕が見られます」

「払拭痕て何ですか」

「何かに擦ったような痕ですね。たとえば背広の生地とか」

「そんなことあり得ません。車の底なんて、草とか何とか、擦ることなんていくらでもあるじゃないですか」

「いや、そういうものとは違うんです。しかしともかく、この車が撥ねたのではないようですが、どういう理由でかは分かりませんが倒れていたこの方の脚を轢いたかも知れない可能性は残るんです。いずれにしても明日病院で診てもらって骨折がなければ、轢いてもいないことが証明されます」

「もし骨折があったとしても轢いたのはわたしじゃありません」

「まあ、それはそれからのことです」

刑事はにべもなく言う。

健斗が駆けつけて来たのは、車の検査が終わり現場検証へ移ろうとする時であった。

ご苦労様でございます、お世話になります、と彼は刑事たちに深々と頭を下げ、老人兄弟にも大変でしたねと穏やかに声をかけた。

え？　いつの間に健斗はこんなに大人になったの？　たった二年しか経っていないのに。一瞬、素直な驚きが咲のかたくなな心をほどいた。

そして、自分はこの人の夫ですと澄まして名乗り、咲の肩を抱き寄せた健斗の腕をそのままに、

「違いますよう、もと夫です」

思わず叫んでいた。

一体何が起きたんだと戸惑う視線が二人に集まった。感情をいっさい

受けつけようとしなかった刑事たちの無表情が崩れた。

「彼女から話を聞いたんですが、彼女は嘘をつける人じゃないんです。困っている人を見れば助けないではいられない人です。なにしろ僕の今の奥さんが妊娠しているのを知って、結局は自分から身を引いてしまうような人ですからね」

刑事も検査官も、それから警備員たちも、健斗の話の意味が分かると、しばらくして笑い出した。

現場検証は一時間ほどで終わった。

咲は現場へ案内し、そこへ通りかかったとおりを何度も再現した。検査官たちは通路の曲がり角から曲がり角の長さを測り、幅を測り、顔を見合わせては首をひねった。

老人兄弟が病院へ去り、刑事と検査官が出て行くと、警備員たちはもう疲労を隠さなかった。

すでに深夜、十時を過ぎている。咲と健斗は無言で駐車場を出た。

大通りに出ると、咲の車の後に続いていた健斗の車がハザードランプを点滅させて追い越し、咲の車をふさいだ。

健斗が車を降りて来て咲の車窓を叩いた。

「ちょっとだけ聞いてくれ」

窓を開けた咲の頬を両手に包んだ。

「忘れたことはないんだ。許してくれとは言わない。でも岳の養育費だけは受け取ってくれ」

「岳のことしか言わないのね」

「何言ってるんだ。岳は僕の子だから大切に決まってるさ。だけど、もっと大切なのは君なんだ。咲なんだよ」

「そんなこと言っていいの。尚美、怒るわよ」

「もちろん今の生活を大切にしなきゃ、尚美に、というよりも咲に申し訳ないと思ってる。それに岳にも、隗にも、隗って言うんだ尚美との子は、申し訳ないよな。だから頑張るよ。そうしようと覚悟を決めてる」

「……」

「愛してるんだ。きっと、ずっと変わらないよ。それだけ言いたくてさ」

そして、車に戻りかけてまた戻って来た。

「やっぱり、ヨンキュウロクだよ。僕にとっては最高のナンバーだったよ。今夜のこの時を用意してくれたんだからね。咲もきっと大丈夫さ。もちろん何もしてないんだから当然だけどね」

咲の言葉も待たずに闇にかすむ街灯の影を浴びて走り去って行く健斗

の車を見送って、咲は動けないでいた。

ヨンキュウロク。ヨンキュウロク。あの老人の死体であった時と、咲のふと気持ちを変えた行動と、健斗とが、一瞬交錯した焦点を解読すると、四九六という数字になるのだろうか。それは健斗にとっては最高最良の数字だったかも知れないが、咲にとっては最悪の呪うべき数字だったことになるではないか。

だがなぜか咲の不安も恐怖もやわらいでいる。健斗の一言が胸にかすかな音を立てて泡立っていた。なんだか自信を取りもどせそうな気がした。

尚美に健斗を奪われて以来、その一言だけを確かめたくて、健斗を許せず自信を失ってきたのだった。

健斗、ありがとう。思わず呟いた。

やっぱりヨンキュウロクは神の数式か。

翌朝、警察から電話があった。

「ご老人、やはり骨折していたそうです。もう一度、車を持ってきてくださいませんか」

不思議にも咲は動じなかった。

健斗が言ったのだ。ヨンキュウロクって。

わたしの車のナンバーは〇四九六なのだ。

御_お

札_{ふだ}

信号が青に変わった。直進してすぐ右折する。すると右側は、この町が現代民家のモデル建築の一つとして文化財的な認知を与えているという和様の瀟洒な家である。

左側には、手作りの豆腐を売る新聞記事を幾つか貼り付けた曇り硝子戸の古ぼけた小さな店に並んで、緑色に白字の看板を大仰に掲げている新興宗教の館の、異様に尖った屋根が空に突き出ている。

それから青いラインを引いたコンビニが続き、その向こうには三方ガラス張りの真四角な銀行が殷々と明りをつけている。真昼の白光に滲むガラス越しのその秘密じみた明りは、わたくしの心の奥をかき乱す。いちいちの家々がわたくしに語りかけてくるのだ。

突き当たりを左折すると巨大なマンションが三棟、ひときわ豪奢な威容を誇っている。

あそこでは吉田さんが、こちらでは中江さんがと、わたくしはその幾つかの窓々に死者たちの顔を映して苦しくなる。

わたくしはもう見ないようにする。次々に現れる信号だけを見つめてハンドルを握る。

しかしもうトンネルであった。

街中に怪しく現れる車を通すだけのトンネルに入ると、いつものように、トンネルを抜けた際《きわ》に建つマンションの四階の一室から、新子が存在を主張してくる。

新子の毒舌がトンネルの闇を行き交う車のライトに踊るように木霊する。

「あんた、ガス欠や。ガス欠や」

「かもね。充填しなきゃ、ね」

気力を失くしているわたくしを励ますのはいつも新子の毒舌だった。

彼女はキャリアウーマンの人生のほとんどを腎臓を病んで過ごした。

その彼女を支えた妻子持ちの男がいた。

彼が海辺で釣餌にする子虫を養殖し始めると、彼女はそれを手伝うために勤務後せっせと其処《そこ》へ通いはじめた。

宵闇を分けて軽四を走らせる。

こんもりと盛り上がる山裾をくねくねとめぐる細い土手道を、上ったり下ったりしながら、わずかに拓けた砂場に据えられている如何にも粗末なトタン張りの屋根の小屋に辿り着くと、小屋の主が来るまで、虫たちが居心地良く健康に繁殖するように水と温度の管理をするのだ。

「雨風のときなんか怖いんよ、ハンドルひとつ間違ったら転げ落ちるもん」

新子は幸せそうに言った。

その新子はあっけらかんと何人もの男と寝た。

「彼奴《あいつ》、奥さんと腕組んで嬉しそうに歩いてるんよ。悔しいからワイシャツの襟に口紅べったりつけといてやった。どうなったかな」

「この間ね、新幹線で隣り合わせた紳士と途中下車してホテルに泊まっちゃった」

「悪女」

と言うわたくしに、

「うちは聖女や。悪女はあんたや」

そうやね、悪女はわたしかも、とわたくしは笑った。本当にそう思ったからだ。

「こんなもん、うちには用無いんやけど」

悪たれをつきながら、新子はわたくしが渡したお守りを肌身離さず持っていた。

新子が生きた証の漂うトンネルを抜けると、一目散に車を走らせる。何も見まい考えまいとするけれど、またもう其処は、木原治郎の家だ。今は花の時期ではないが、桜並木の続く一郭を曲がってその向こうにひっそりと現れる小さな鳥居を見ながらよく訪れた、如何にも町家風の木原の家が、まざまざと浮かんでくる。

木原は日本国陸軍の軍曹だった。彼《か》の敗戦でソ連軍に捕われ長いシベリア抑留から帰還した頃には、すでに日本は一転、復興と自由を謳歌する進軍ラッパを吹き鳴らしていた。

「最後の帰還というのはだな、最後までソ連の洗脳教育を拒否したっちゅうことなんや。まあどんな風体風貌で船から降りたことやろ。儂《わし》の奥さんは、二人の子どもの手を引いて突っ立ったまま、儂が前に立っても儂を分からんかった」

彼を信じきって何があっても芙蓉のような微笑を絶やさない妻に、木原は心中、謝罪することが山ほどあった。

「そんな奥さんを儂はその後も何度も裏切ったんや。日本のあまりの変わりように戸惑いながら、それを言い訳にしとったんやな。女の子と遊び歩いて、よう奥さんをほったらかしにしよった。奥さんは何にも知らんけどな」

知らないふりをされていただけよ、とわたくしは言った。

密かな謝罪のために妻より早起きをして朝食を作るようになった半年後、一代で家業を起こした社長、木原治郎は忽然と逝った。

「なんだか疲れた。ちょっと横になる」

朝食を卓に並べ妻を起こしたあとベッドに入り呼吸を止めた。

息が詰まる。

木原が朗々と歌った「オーソレミヨ」が「なんだか疲れた。ちょっと横になる」と織り成して、遠い海鳴りのように響鳴している。

何も見まい聴くまいと、わたくしはさらにハンドルを握る手に力をこめ深呼吸をする。

でも駄目なのだ。

橋を渡れば、其処には鮮やかに、一ノ瀬先生が住んでいた大きな家が空き家のまま朽ちもせず残っている。

橋と言っても今は川を渡る橋ではない。昔はわずかにも川が流れていたのだが、今は茫々と灌木が繁る底地に架かっている丸木橋である。

先生は自転車で軽々とその橋を渡り小学校へ通っていた。放課後、校庭でわたくしたち生徒と一緒に喚声を上げながらボールを拾い、休日には片言の英語を操ってベトナム難民の世話をし、よれよれのタオルを手にいつも額の汗を拭っていた。

先生が松谷房子先生に思いを寄せていることはみんなが知っていた。二人が仲良く肩を並べて歩く姿はわたくしたち生徒をうっとりさせた。結婚は間近に違いないとわたくしたちは楽しみにしていたのだ。

房子先生が突然転任になり、残った一ノ瀬先生は、相変わらず汗をぬぐいぬぐい自転車を走らせて一年が過ぎたあと、自転車ごと、丸木橋から転落されたのだった。

残された両親も後を追うように続いて亡くなり、由緒ある旧家の家屋だけがひっそりと生き永らえている。誰が手入れをするのか、ときどき家を隠すかのように邸に蔓延《はびこ》る藪がさっぱりと刈り取られる。

先生の声が耳の奥にたゆたっている。

「青子。先生を信じて従《つ》いてこい」

裏切ったのは房子先生ではなくてわたくしだったのかも知れない。

肩の震えが止まらない。背中に何かが這い上がる。わたくしは胸の底から涙を掬《すく》い、喉もとに詰まった絶叫を、流さない涙で閉じ込める。

先生、先生、とわたくしは喉もとで呼びつづける。

飛び地のように中洲がつづく河辺りのドライヴ道に出た。

柔らかい白光にまどろむ銀色の川面に溶け込むように点々と白鷺が佇んでいる。ようやくほっとする間もなく、もう少し行くとまた今度は、永田康子が息を引き取った老人ホームだ。

身寄りのない彼女の世話をして気がつくと十二年が経っていた。

青子さん、とわたくしを彼女はそう呼んだ。青子さん、わたいはいつまで生きとるんやろ。早う死なんと。死なせてくれんと、ねえ。

夫は戦艦大和と共に海に沈んだ。再婚した医師の夫も先妻の子を彼女に託して逝った。うみゆかば、みずくかばね、とそれしか彼女は口ずさまなかった。

車椅子を押して河辺りに休んでいたあの時も、やはり白鷺が舞っていた。

康子は白鷺をじっと眺めながら、こぼれるように呟いた。

「神様はいるのかねえ。青子さんは神様はいると思っとるんやろねえ」

「わたしの神様は、そうねえ、言ってみればわたしの内にいるわたしだけの神様なの。その神様にわたしはいつも祈ってるの。おばあちゃんもね、おばあちゃんの内にいる神様に祈ってよ」

「いいこと言うねえ。わたいも、これからはわたいの神様に祈ることにしようかねえ」

その翌日であった。康子は一函二十万円という〈長寿延命〉と銘打ったサプリメントを一ダース購入したのだ。

九十六歳の穏やかな死であったが、遺された十一個の金色の美しい函を、わたくしは棺に眠っている彼女の胸にそっと抱えさせた。

永田康子は、早く死にたい死にたいと言いながら、延命と銘打った薬を飲むために今はそれだけが頼りの金銭を惜しまなかった。生きようとして、本当は生きたくて、自分の神様に祈ったに違いない。その時、死の時を迎えたのだ。

美しく哀しかった一人の老女の死が、遠く深くわたくしに語りかけてやまない。

わたくしはいつの間にか遠まわりをしている。

高速道の側道の片側はしばらく畑であった。じりじりと音を立てている強烈な西日を浴びて黒い物が点々と散らばっている。鴉だ。わたくしは目を背ける。

側道を抜けると、滑るようにしなる天蓋の下で若者が声を張り上げて車を迎え入れ送り出している白亜のガソリンスタンドが、突如として出現する。続いて巨大なスーパーマーケットが一つの街を形成している。

その背後の一郭で、主を失ったばかりの時田玲の家がまだ彼の息づかいを放っているのだ。

将来を嘱望された新進作家は、長年書き溜めていた自伝的長編を出版すると三年にわたる世界一周の船旅に出た。戻って来た彼は再びペンを握ることが出来なかった。末期の胆管癌であった。

病室のドアをそっと開けたわたくしを認めると、彼は号泣した。

母親と二人で暮らし独りになった彼に、わたくしは或る女性を紹介したのだが、彼女はわたくしに言った。

「素敵な方ですけど、あの方は別れるときに仰《おっしゃ》ったんです、幸せになって下さい、って」

人の中に在りながらどこかはみ出ているクールな粋を身にまとっていた時田玲の、命の爆発的な号泣はまだ生々しく、死者の影にもなり得ないでいる。

成功は賭けに等しい最新の手術に、彼は望みをかけたのだ。思う存分、生きた、もう死んでもかまわないと、自分を納得させ覚悟を強いた。

「まだまだ書かないとね。書くことがいっぱいあるんだ」

時田玲の声が降ってくる。

いよいよ身の置きどころがない。

行くところ、至るところに、寸分の隙間もなく、記憶が積もり積もっている。

何処《どこ》も彼処《かしこ》もが死者たちの影のそよそよと重なり合い擦れ合う気配で満ちているのだ。死者たちがひそひそと呟き呻き叫んでいる。乾いた哄笑がカンラカラと響き渡る。

地球上に生命が宿って以来の、びっしりと積み重ねられた命という命の気配に埋もれて、わたくしはその重みに耐えかねている。そのわたくしもいずれ、ひしめき合う影たちに紛れてしまうのだ。そして生きてゆく者たちへ歌い、語りかけ、忍び泣くのだろう。

すると、今生きている者たちもこれから生まれて生きていく人々も、命という命はみな、死者の影たちの仲間なのだ。

あの方もいつか影になる。もう影になっているなら、その気配をわたくしが感じないはずはない。あの方はご健在だ、と不意にわたくしは思いハンドルを握りなおす。掌に汗がにじむ。

規則正しい列車の振動とその音を、遠く深く、わたくしは息をつめて耳の奥で聴いている。

わたくしは東京経由で父の待つ郷里へ向かっていた。

祭りのため寸分の余地もない満員の臨時列車である。立ったまま息を継ぐ胸の起伏も思うようにならないでいるわたくしを、いつの間にか庇って突っ張っている背広の腕があった。

揺れるたびに少しずつ体の向きが変わり、ついにナイトの主の顔を見ることが出来た。

「ありがとうございます」

とわたくしは言った。

「いいえ、どうも。大丈夫ですか」

彼は言い、わたくしたちはそのまま沈黙して列車の振動に躰をあずけていた。

停車駅ごとにわずかではあるが余裕が出来はじめ、しばらくするとわたくしたちは吊革につかまりながら、どちらからともなく笑顔を交わし合った。

「お祭りに行かれるんですか」

「はい、郷里なんです」

「いいですね。僕は甲府です。仕事で三か月出張してましてね、久しぶりに帰るところです」

「まあ、それでは奥様がお待ちですね。お子さまは？」

「二人です。二人とも男の子です」

「わたくしは女の子。二人です」

とりとめない話題はたちまち、互いの仕事の内容や、暮らしの状況、人生論、夢や思いの数々へと弾んだ。

そうして、わたくしたちには定められたほんの一瞬にひとしいこの時間しか許されていないのだと、その思いにしだいに追い詰められ、ふたりは無口になった。

甲府が近づいた。

「甲府で降りてくださいませんか。もう少しお話がしたいんです。駅の傍に小さいですが珈琲の美味しい喫茶店があります。あとの列車はまだ何本もありますから」

ついにその言葉を聞いた。

わたくしはその言葉を待っていたのだ。待ちながら、わたくしを郷里の駅に出迎えているに違いない父を、そして夫と子どもを、ほんの暫く でも裏切ることが出来るかと、自分の心を見計らっていたのだった。

わたくしの沈黙に紅潮した彼の顔を、わたくしは一生忘れないだろう。

「許して下さい。無理を言いました」

彼は胸ポケットからハンカチを取り出し、わたくしの涙を拭った。

列車から降り、俯いたまま振り向くことなく去って行くホームの彼を目で追いながら、わたくしは彼が残したハンカチを握りしめていた。

ついに名前も訊かなかった。わたくしも伝えなかった。けれども、あれは一瞬の、永遠の、確かな恋であった。

あの彼も必ずいつかは死者の影となってわたくしのところにやって来る。いや、わたくしが先に影となって、生きている彼を訪れるのかも知れない。

影たちのひしめき合うそこはかとないざわめきは、妖しい揺曳となってわたくしにまつわりつき、暮れかかる茜雲が一気に視界に降ってきた。何処にいても何処を歩いても走っても、清々とわたくしひとりでいることはできないのだった。

ようやく登坂画伯が待っているに違いない、丘上にあるというアトリエに行き着くことが出来そうである。

鬱蒼とした樹木と灌木の匂う舗装されていない赤土の登り道に向かうと人家が途絶え、車は蔓延る木の根っこと小石にタイヤをとられてバウンドし、しきりに軋んだ。

登りきると、もうそこには、建つというより置かれている粗々しい木組みに金網を被せた奇妙な小屋を背に、立ちはだかるように作務衣姿の登坂画伯が立っていた。

「よく来てくれましたね。やっぱり駄目だったかと落胆していたところです」

「すみません、遅くなりました。思案したのですけれど。とにかく来てみました」

「今日は初回ですから。此処を知っておいていただくだけで」

画伯は伸び放題の白い顎鬚に手をやり、珈琲が出来ています、と言った。

ガタピシと音を立てる板戸を開けると、土間に続く高床式の板敷の一間がわたくしを迎えた。

画伯が奥の板戸も開けると、さっと夕暮れの柔らかい陽光が溢れた。箱や食器などが乱雑に詰め込まれた三段の棚のほかには何もない板敷の半分には畳が敷かれ、絣模様の座布団が二枚と寝具らしい固そうな布団が片隅に積んである。

台所になっている土間には盛大に絵具が飛び散っている。数脚のカンバスと絵具箱を囲むように画料のブリキ缶が積み上げられ、錆びついて汚れた冷蔵庫がひっそりと並んでいる。

「こんなもんです。でもこれで十分なのです。此処に籠れば、天上天下に我ひとり、ですから」

一人用の折り畳みの卓袱台《ちゃぶだい》を畳の上に広げながら、辛うじて電気だけは通してもらうことが出来ましたと笑う。

「此処一軒だけですからね、なかなかやってもらえませんでしたが」

「お家はどちらに？」

「此処ですよ。このアトリエが僕の家です。僕の世界です」

「ご家族は？」

「僕は独りです。それが一番ですからね」

画伯は、わたくしの次の訊問を先取りして、何もかも自分一人でやっているのだと言い、料理と食器の片付けの工夫について熱心に語り始めた。

洗剤など使わなくたって、油だってきれいに落ちるんですよ、発見したんです、水洗いだけで十分です。

そして盆に載せた二人分の珈琲を卓袱台に並べると、目を細めてわたくしの顔をまじまじと見た。

「やっぱり、思った通りだ」

「何でしょう?」

「いや。僕が描きたかったのはやっぱりあなただったんだと、いま改めて確信したということです。さあ珈琲をどうぞ」

「首実検ですか」

わたくしも確かめたいことが今は山ほどあった。

何を思ってこの熊のような画伯の申し出を受け入れてしまったのかとすでに後悔していた。少しは名の知れた画家ではあるが、わたくしは彼のことをほとんど何も知らないのだった。

わずかではあるが人里離れた山中で画伯と二人きりになることを今知ったのだ。絵が完成するまで、これから何回となくこうして画伯と二人だけの時を過ごすことになる。

「いけませんか」

見透かしたように画伯が言う。

「いえ、首実検なり何なりと、いくらでもどうぞ」

身構えながら虚勢を張った。

画伯は笑ったような笑わないような微かな笑いを口元に浮かべ、土間からカンバスの一脚を抱えてくると板敷に据えた。それから畳に二枚の座布団を並べた。

「とりあえず今日は形だけ決めておきましょうか」

何も言えないで画伯の動きを目で追っているわたくしに、さあここへ横になってと、有無を言わさぬ口調になった。

やっぱりやめますと決然と立ち去るわたくしを想像しながら、わたくしは何食わぬ顔で体を横たえる。

しかし仰向けがいいのか、横向きがいいのか、横向きになるとすればどのくらいの角度がいいのか、分からない。腕の形も脚もそして指さえもどうすればよいのか、わたくしの躰は何もかもが一瞬にして自分のものではなくなった。

「どうしたらいいんでしょう」

「好きなようにしていてください」

「衣装はこれでよかったのかしら。脱がなくていいんですか」

わたくしは意地悪く挑むように言った。

「脱ぎたいですか？」

画伯は愉快そうにわたくしを見つめる。

「いいんですよ、あなたがそこに居て下さりさえすれば。僕は自由に描きますから。見えるんです、脱いでいただかなくてもあなたの裸身が、僕には」

「超能力をお持ちなんですね」

いよいよ意地悪く挑戦的になるわたくしを、早くもカンバスをたたんで土間へ降りながら、ふと思いついたとでもいうように画伯は振り返った。

「ところであなたは何か信仰をお持ちですか」

「いいえ、それが何か？」

わたくしは、わたくしの行くところ行くところにひしめいてわたくしに迫る死者の影たちのざわめきを再び聴く。

「わたくしはわたくしの内にいる神様にいつも祈っています。わたくし一人の神様です」

わたくしが死ねばわたくしの神様も死にます、それだけですと、いつも応える答えを言いかけてわたくしは黙った。

ふと本当にそうだろうかという気がしたからである。わたくしもわたくしの神様も一緒に、あの影たちに紛れてきっと生き続けるのだ。そして生きている者たちに囁き、呟き、語りかけつづける。

「自分教、ということですか」

「そうですね、ああ、そういうことですね、自分教です」

「そこなんだなあ、僕に見えたあなたは。だから僕は描きたかったんだ、あなたの裸身を」

「どう見えたんです？」

「僕と同じ人だからです」

答えにならない答えを口にし、画伯は沈黙した。

果てしない無限の死者たちの影に画伯の存在が重なる。本物の画家なのか画家もどきなのかと皮肉な疑惑を登坂画伯に向けながら、わたくしは一週間後を約してアトリエを後にした。

十代になっている娘たちは屈託なく逞しい。紗波《さなみ》は高校のバレー部でセッターを務め、紗織《さおり》は中学の文芸部で詩を書いている。

帰宅すると、ボールを入れた網袋をぶらさげて紗波が夜間練習に出かけようとしていた。

「紗織は？」

「一緒に夕飯食べたんやけど、何だか頭が痛いって寝てる」

台所に入ると、用意しておいた夕食はきれいに片付いている。

三交代制のメーカーに勤める夫の卓司は、今夜は夜間勤務だ。わたくしは薬局で働きながら夫の両親を看取ったばかりである。

紗織は彼女の額に手を当てるわたくしに寝返りを打ち、大丈夫やと言った。

わたくしは台所にもどり珈琲を淹れる。

静かだ。こんな時が訪れるなんて夢にも思えなかった苦しかった日々がよみがえる。

そして珈琲カップを手に、画伯が淹れてくれた珈琲の味を思い出し、一週間後にはきっと、あの怪しいアトリエで白髭の熊のような画家の目に晒しているに違いないわたくしの姿態を想像する。

森林浴と銘打つ入浴剤を入れた緑色の湯は、蛍光灯の白光を吸って底まで明るい。

わたくしはいつものように思いきり浴槽に全身を伸ばし、わたくしを眺める。

これがわたくしか。地球上に唯一の。宇宙に唯一の。どういうわけか永遠の時の中の一瞬に在る確かな存在の一つの。世の中の誰とも何とも違う唯一無二の。そして唯一度だけの。そして、そして、わたくしだけの。

なんと謎めいてなまなましく美しいことだろう。わたくしはわたくしを鑑賞する。不思議きわまる魅惑の個体だ。この体内では、どんな精密機械も及ばないどんな精密理論も及ばない神業の作業が、滞りなくそして休みなく行われているのだ。

指を広げ爪を眺める。腕をさする。肩も胸も腹部もいとおしい。腰にも脚にもそっと手を当てていく。痣《あざ》も黒子《ほくろ》も皺も傷跡もこの世に在る証だ。

これがいずれは必ず消えて無くなるのだ。焼かれて粉々の骨になり、その骨もいずれは失われる。それを従容として受け容れなければならないのが「存在」自体なのだ。そしてこの世に焼きつく影となる。

一週間後、朝早く家を出たわたくしは二、三の用事を済ませ、やはり画伯のアトリエへ車を走らせていた。

道々に出会う影たちはいっそう数を増し、我先にとわたくしに語りかけてくる。彼らに導かれるままにわたくしはまた迷い、遠まわりをしている。

いつの間にか車は重々しい瓦屋根と整然とした煉瓦塀のつづく住宅街を走っていた。人の気配のない石畳の道路は、沈黙の象徴のように陽だまりと日陰を分けて森閑としている。

サイドミラーの奥に歩いてくる人の姿が写った。わたくしはわたくしの行く道を確かめるために彼を待って車を停めた。

雲水だ。深い網笠をかぶり、喜捨をいただく黄色い頭陀袋《ずだぶくろ》を肩から胸に下げて、長い杖を跳ね上げ踊るような早足で近づいてくる。

声をかけようとドアを開けかけて、登坂画伯だ！　わたくしは思わず、叫び声を封じ込めハンドルに顔を伏せた。

彼が急いでいるのはアトリエでわたくしを待つために違いなかった。

何故、雲水の姿で今ごろこんなところを歩いているのだろう。少しは名が知れている画伯ではあるが、わたくしの胸に漠然と付きまとう胡散臭さが今はあからさまに不安を搔き立てる。同時に笑い出したくなるような奇妙な安心もある。

わたくしは引き返さなかった。彼が先に着くか、迷いつつもわたくしが先になるか、わたくしは車の行く先に、アトリエに並べられた二枚の薄い座布団を見ていた。

青空の中に、真昼の日差しを浴びて鈍色《にびいろ》の陽光を散らしている金網をまとった小屋を背に、作務衣姿の画伯は初日と同様にわたくしを迎え入れた。

そして初日と同様に珈琲を淹れた。

板戸を開け放した板敷と畳の一間からは、夕暮れの初日には気がつかなかった竹藪が眺められる。丘上の汚れのない空気は、いかにも此処は白髭の仙人が棲む処だとも思えた。

わたくしは、画伯の目を盗んで、彼が先程まで確かに着ていたはずの墨染めの衣と網笠を見つけようとするが見当たらない。黄色い頭陀袋も長い杖も消えている。

「何かお探しですか」

珈琲カップを手に、突然、画伯が言った。

「さっきお会いしましたね」

続けて言うと、立って外へ出て行った。

わたくしは動けずにいた。なぜかこの結末を登坂画伯とともに見るのだという思いに捉われていた。画伯が斧を持ってきて切りつけようと、絵具を抱えてきてぶちまけようと、長い杖を振り上げて打擲しようと、それもわたくしの運命なのだと思おうとしていた。

竹薮で鶫《つぐみ》が太い声で鳴いている。誘われるように他の鳥の鳴き声が混じり、静けさが揺れた。

雲水姿の画伯が戻って来た。

「お似合いです」

とわたくしは言った。

「どうしてかと、あなたは訊かないんですか」

「どうして訊かないのか、わたくしにも分からないんです。でもほんとに僧侶でもあるんですか、画家のほかに」

あはは、と画伯はのけぞって哄笑し、突然口調を変えた。

「雲水は僕の商売衣装なんだ。お分かりか。少々名が売れているからって、絵は売れないんだよ。売れても安いんだよ。食っていかれないんだよ。食わなければ絵も描けないじゃないか。まずは生きてもいかれないだろ」

「商売って、雲水ならお布施をいただくんですよね？」

「そういうこともありますがね、知りたいですか」

画伯はにやりと笑った。

黄色の頭陀袋から取り出したのは、薄紫の和紙に包み水引を掛けた大ぶりの版木であった。

「御札《おふだ》ですか」

「そうです、御札です」

画伯は版木を大仰に額にかざし、またにやりと笑う。

「御札を売り歩かれるんですね。どちらのどういう御札なんですか」

「いや、神社でもお寺でも何処のでもないんだ。これは何処にも無い、霊験あらたかな御札なんですよ」

画伯は可笑しそうに笑い、口調を戻した。

「神様は僕なんです。ほら、『登坂乃神高楼』ってね。この御札も僕が作っているんですよ。よく売れますよ」

「まあ、それって詐欺でしょう」

「どうしてですか。僕は誰も騙してなどいませんよ。僕はほんとに僕の中の神様を信じていますからね。その功徳を分け与えようとして何が悪いんです？　それにちょっと謝礼を戴くだけです。あなたは言ったじゃありませんか、自分教だって。あなたも御札を作って売ったらどうです？」

何も言えないでいるわたくしと御札を交互に面白そうに眺め、御札を慇懃《いんぎん》に和紙に納めると、画伯は再び大仰に額に押し頂いて見せた。

「女性のファンが多くてね、何処へ行っても僕はネグラに困ることはないんですよ。もしかしたら何処かに僕の子どもも何人かいるんじゃないかな」

油気のない蓬髪と白髭に手をやりながら、画伯はわたくしを窺う。

「此処は仮の宿というわけですか」

「いや、僕の聖地です。僕は画家ですからね、御札だってここで作るんですよ」

さて、着替えてきますか、と言って画伯は再び外へ出て行った。

わたくしはやはり動けずにいた。

あなたは僕と同じ人だと言った七日前の画伯の声が生々しく小屋いっぱいに木霊している。わたくしに語りかける影たちの声と混じり合う。

わたくしは二枚の座布団を並べて昼下がりのほどけるような白光の中へ横たわり、作務衣姿の画伯が戻ってくるのを待った。

次の日も次の日もわたくしを迎える登坂画伯の行動は儀式の如く同じであった。

小屋の前でわたくしを待ち、珈琲を淹れる。わたくしは二枚の座布団に横たわり、眠ったり本を読んだりして二時間ほどを過ごす。もう話すことはなかった。

わたくしがどんな姿態でカンバスに描かれているのか、わたくしは見ようとせず、画伯も見せようとしなかった。

そして約束の最後の日が来た。

わたくしはアトリエに向かって急いだ。完成しているはずの登坂画伯の裸婦を、わたくしの裸身を、一刻も早く見たかったのだ。

丘上を望む上り坂へ差しかかった時である。

カンカンカンカンとけたたましく警報を鳴らしながら消防車がわたくしの

車を追い抜いていった。

続いて不安なサイレンとともに二台が登って行く。

消防の放水はあっと言う間に終わった。

焼け落ちたアトリエの残骸は放水を浴びて焦げた蒸気をぶすぶすと音を立てて上げていた。

画伯の消息は知れなかった。

何処かで御札を売り歩いているのだろうか。それとも捨ててしまっただろうか。

登坂画伯もいずれは影たちの仲間になるのだ。そしてわたくしに語りかけてくる。

御札とカンバスに描かれたわたくしの裸身の行方を彼に尋ねれば、何と答えるだろう。

●著者紹介

柳谷郁子（やなぎたに　いくこ）

長野県岡谷市出身。兵庫県姫路市在住。早稲田大学卒。
第14回大阪女性文芸賞・第3回小諸藤村文学賞ほか。

著書:『月柱』（読売新聞社)、『夏子の系譜』『諏訪育ち』(三月書房)、『風の紋章』『月が昇るとき』『赤いショール』『花ぎらい』（ほおずき書籍)、『望郷——姫路広畑俘虜収容所通譯日記』『十六歳のエチュード』(鳥影社)、『恋いおりそうろう』『官兵衛がゆく』(しんこう出版)、『諏訪育ち—姫路にて』（第三文明社)、ほか。

共著：『姫路文学散歩』『姫路城を彩る人たち』（姫路文学館刊・神戸新聞総合出版センター)、『播州才彩』(文芸同人誌「播火」刊・しんこう出版)、『私を変えたことば』（日本ペンクラブ刊・光文社)、『恋いして』（文芸同人誌「播火」刊・ほおずき書籍)、ほか多数。
『私を変えたことば』収録のエッセイは2001年筑波大学入試問題文となる。
絵本：『官兵衛さんの大きな夢』（絵・本山一城／神戸新聞総合出版センター)。
童謡作詞:『いのちってなあに』(作曲・竹内光邦) ほか。

現住所　〒672-8023 姫路市白浜町甲425番地

【本書初出】
文芸同人誌「播火」60号・70号・80号・90号・100号
兵庫県半どんの会会誌「半どん」162号・165号・170号
長野県岡谷市湊中学校学友会誌４号
「恋ひおりそうろう」

てのひらシリーズ④
美しいひと
—柳谷郁子掌篇集—　　定価はカバーに表示

2019年2月21日　第一刷発行

著　者　柳谷郁子
発行者　木戸ひろし
発行所　ほおずき書籍株式会社
〒381-0012 長野県長野市柳原2133-5
TEL 026-244-0235　FAX 026-244-0210
www.hoozuki.co.jp
発売元　株式会社星雲社
〒112-0005 東京都文京区水道1-3-30
TEL 03-3868-3275

ISBN978-4-434-25696-7